はじまりの街で
ワケあり美少女たちが
めちゃくちゃ
懐いてきます
「むぅ……キツくなったわね……
ちょっと太っちゃったかしら……」

「……俺はあくまで
レベル1のはずなんだがな……」
マイト
伝説の魔竜を討伐し、命を落とした最強の冒険者。女神の祝福を受けて生き返ったもののレベル1に戻る。はじまりの街で二周目の冒険者ライフをスタートさせるが……

祭礼の準備
「……いろんなところの高低差が
激しいんです、二人はっ」

「ま、待って、落ち着いてナナセ。私たちはいつも三人一緒って誓ったじゃない、パーティを組むときに」
「お、落ち着くのだ、私もこんな防御力の低い格好をすることになるとは……」

ラスボス討伐後に始める二周目冒険者ライフ

はじまりの街でワケあり美少女たちがめちゃくちゃ懐いてきます

朱月十話

ファンタジア文庫

3370

口絵・本文イラスト　ファルまろ

はじまりの街で
ワケあり美少女たちが
めちゃくちゃ
懐いてきます
ラスボス
討伐後に始める
二周目
冒険者ライフ
Second adventurer life
after defeating
the final boss

前日譚　魔力のない少年

この世界においては、生まれながらに神によって『役目』が定められている。

『役目』とは『職業』とも言い換えられる。

職業を知るには神殿に行き、神託によって教えてもらう。

俺が物心つく前に親に捨てられたのは、職業が『盗賊』だったということ——そして、生まれつき魔力がなかったことが理由だろう。

魔力がない『盗賊』。生き方がひどく限定されるそんな存在は、誰にも必要とされない。

歓楽都市の路地裏で、ゴミを漁《あさ》って生きるしかなかった。

そんな暮らしをしていれば病にかからないわけもなく、熱病に侵されたことがあった。

王都の教会で高額の布施《ふせ》をして治してもらうようなその病は、俺にとっては死病だった。

——こいつはもう駄目だ。

——可哀想《かわいそう》だけど、私たちには薬を買ってあげられる余裕もないよ。

誰もが俺を見捨てて、病が伝染《うつ》ることを恐れて街の外に出されるという話になった。
俺の面倒を見てくれていたメイベル姉さんに迷惑をかけるわけにはいかなかった。自分から街の外に出て、魔物に襲われでもして、早く病の苦しみから逃れたいと思った——だが。

——坊主《ぼうず》、こんなとこで死ぬのは勿体《もったい》ねえぞ。

飢えた魔獣に襲われた俺を、あの人が助けてくれた。
流れの冒険者。どこかの僧院の出身で、今は酒も女もやる破戒僧。
彼は俺の病をあっさりと回復魔法で治してくれた。
本当にあっさりと治して、誰も触れたがらなかった俺の頭をわしわしと撫《な》でてくれた。
そして彼が連れていた仲間の一人、戦士の女性が言った。

——へえ、坊やも魔力がないんだ。あたしもないけど、まあ何とかなるもんだよ。
——魔力がないなら、魔法が使える仲間を探せばいいんだよ。

——そうだな。俺みたいに物好きなおっさんもいる。

そう言って笑う自称おっさん——髭面《ひげづら》ではあったが、おっさんというほどの年齢でもなかったのだが——は、それからもしばらく歓楽都市を拠点として冒険を続けていた。

彼らのことはたまに街で見るくらいだったが、一度酔ったおっさんの面倒を見たことがあって、その時にこんなことを尋ねた。

——俺、どうしたらあんたみたいに人を助けられる奴《やつ》になれる？

青臭い質問だったと思う。命の恩人に対しての礼儀もなっちゃいない。

おっさんはぐでんぐでんに酔っていたが、その時だけは素面《しらふ》に戻ったようだった。

——人を助ける力とはなんだと思う？　坊主。

——それは……魔法だよ。あんたの魔法で、俺は助けられた。

——魔力がないお前が魔法を求めてどうする？

言葉に詰まった。現実を見ろと言われているのだと思った。

だが、違っていた。おっさんは身につけていたペンダントを俺に見せてくれた――女神を象《かたど》ったレリーフが彫られた、上等なものだった。

――人間の職を決めるのも、魔力の有無を決めるのも、神のみわざだ。それこそ、職業を『賢者』に変えることだってできるかもしれん。魔法使いの頂点だ。

――神って……そんなの、どうしようもないじゃないか。

――神を驚かせるようなことができたら、勝手に向こうからへりくだってくるさ。

おっさんはそう言って、俺の頭を撫でた。とんでもない破戒僧で、恩人だった。

それが、彼らのパーティを見た最後だった。

彼らが歓楽都市から旅立ったあとどうなったのかを知るすべはなく、時は流れた。

神に認められるにはどうすればいいのか。

そのためには与えられたものを最大限に使って、自分の限界を目指し――神に恩のひとつでも売ってやればいい。

魔力なしでも『賢者』になれるのなら、どんなことでも成してみせると誓った。

プロローグ　魔竜討伐

世界の果てには、かつて古代の国を滅ぼしたという魔竜が今も住んでいる。

魔竜は眷属《けんぞく》を増やし、やがて人間やその他の種族の国を滅ぼそうと攻めてくる。

女神ルナリスはそう神託を下し、各国の国王は魔竜討伐の志願者を募った。

幾万の冒険者たちが魔竜のもとを目指し、その討伐を試みたが、誰も成し遂げることはなかった。魔竜のもとに辿《たど》り着くことさえできずに、長い歳月が過ぎた。

しかし――俺たちのパーティは、辿り着いた。

何年も旅をして、多くの困難を越えて、世界の果てまで。

メンバーの四人はそれぞれ限界まで職業を極めている。

レベル99、それがこの世界における人間の限界だ。

聖王国から来た天騎士《アークナイト》のファリナ。

エルフの森から来た大神官《ハイプリースト》のシェスカ。

魔導国で作られた兵器であり、意思を持つ自動人形《オートマータ》のエンジュ。

最後に平原の都市から来た盗賊《シーフ》——それが俺、マイトだ。

かつてこの場所に存在し、滅びた王国の城塞跡。そこを魔竜は根城としていた。城の残骸が残っているだけの荒野。魔竜と遭遇した途端に空が赤く染まり、雷鳴が轟《とどろ》いた。

「——グォォォォッ‼」

天地を鳴動させる咆哮《ほうこう》と共に、最後の戦いは始まった。

魔竜の爪、牙、尻尾、翼——全てが致死級の威力だが、攻撃役のファリナをサポートするために、敵の攻撃を引き付ける。

「ガァァッ‼」

叩《たた》き下ろされた腕が地盤を砕く。破片に当たるだけでも命取りになりそうだ。

（一撃が重いなんてもんじゃない……一度でも失敗すれば死ぬ……！）

『盗賊』レベル99で回避能力を上げる技を三種重ね、辛《かろ》うじて避《よ》けられる——攻撃は絶え間なく、技を失敗すればそこで終わる。

俺が魔力を持っていれば、もう少し苦労せずに済んだ。だが生来与えられなかったものを嘆いても仕方がない。

この世界では『職業』は生まれながらに与えられた役目で、個人の意志で変えることは決してできないのだから。

「──はぁあっ！」

ファリナの繰り出した斬撃は鋭く魔竜を狙うが、魔竜の周囲に展開された球状の結界によって防がれる。

「ファリナ、俺が隙を作るまで待ってくれ！」

「っ……エンジュ、お願いっ！」

『援護攻撃、斉射開始──【魔導光炎《マグナフレイム》・六連弾《ヘキサブラスト》】』

「グォォ……オォォッ……！」

ファリナの指示を受けたエンジュが間髪容《い》れずに応じる。

白い炎弾が発生し、魔竜に次々と撃ち込まれるが、それでも結界は消えない。

──瞬間、戦慄が身体《からだ》を走り抜ける。

「っ……！」

反射的に魔竜を『挑発』し、『残像』を発動して敵の狙いを誘導する。

「ガァァァァッ!!」

魔竜は高い知能で魔法まで使いこなす。エンジュの魔導術にも匹敵する威力の衝撃波——命中した俺の残像はかき消され、衝撃波の直撃した地面が割れる。

「マイト君、一度下がって！　速度を上げる魔法を……っ」

シェスカさんはファリナの加護に集中してくれ！　俺は避けられる！」

シェスカはファリナに対する強化魔法を使い続けていて、エンジュも詠唱中は守りが薄くなる——絶えず敵の攻撃を引き付けるにも、俺の技は連続使用に限界がある。

技が使えなくなれば、数秒間完全に役立たずになる。どれだけ経験を積んでも訪れる限界を、どうしても越えられなかった。

『職業』と同じように『成長限界』がある。魔竜は人間よりも強い生物であると決められているなら、どれだけ鍛えたとしても——。

それでも、一歩前に出る。必ず隙を作ってみせると言ったのだから。

「——うぉぉぉぉぉっ！」

闇のように黒い竜が、動いた。

直後に放たれたのは、超重量の尾による、俺の間合いの外からの『尾撃』。

極限まで集中し、相手の初動を読み、攻撃の余波までをかわし切る。魔竜が尾を引き戻す前に、ファリナは剣を振り下ろしていた。

「はぁぁっ！」

「ガァァアアッ‼」

魔竜は大きく首を振って仰《の》け反り、一歩下がる――防御結界が失われる。それは初めて生まれた絶好機だった。

「ガァアァッ‼」

「はぁぁあっ！」

「白き女神の祝福よ、剣に宿りて闇を斬り裂け……っ！」

『マナ・エネルギーがゼロになるまで射撃継続――【魔導閃輝《マグナフラッシュ》・全弾連射《オールブラスト》】』

シェスカの祈りによって、ファリナの剣が神の加護を受け、青白い輝きを放つ。エンジュが魔竜の頭部周辺に光弾を絶え間なく叩き込み、その視界を遮る。

「――グォォォッ‼」

魔竜が腕を振り払う――だが、そこにはファリナはいない。

魔竜の死角を突いたファリナの剣が閃《ひらめ》く。竜の額にある水晶に亀裂が入り、破片が散る。

攻略不可能に思えた魔竜が、動きを止めてその場に倒れ込み、地面が揺れた。

ファリナは動くことができず、大きく肩で息をしている。

いつも、こうして戦いが終わるのを見届けてきた。相手が魔竜でも、何も変わりはしない。

それなのに、まだ終わっていないと、何かが警告した。

動くべきではないと分かっているのに、動いていた。それは『盗賊』の本能だった。『武器奪取』。仲間に使うはずのなかった盗みの技で、俺はファリナの剣をその手から抜き取る――刃《やいば》が黒く変わり始めていることに気づくことができたから。

「ぐぁぁぁっ……！」

上位の竜は、討伐されるときに呪いを遺《のこ》す。魔竜が持つのは『死の呪い』――その効果は、自分を討伐した者を道連れにする。

魔竜の身体から溢《あふ》れ出した黒い光が剣を伝わり、俺の身体に吸い込まれる。『死』が身体を満たしていく。

「……マイト……あなた、知っていて……」

茫然《ぼうぜん》としたファリナの声が聞こえる。知っていたんじゃない、『盗賊』の持つ『生存本能』が、呪いの存在を感じ取らせただけだ。

膝を突き、前のめりに倒れる。衝撃も、痛みも何も感じないままに。

「マイト君、すぐに回復を……っ、……！」

シェスカの声が遠のいていく。立ち尽くすファリナの姿がぼやけて、よく見えない。

生き延びられたと思ったが、そう上手《うま》くはいかなかったらしい。

盗賊の本能は、本当は――俺に、逃げるように訴えかけていた。生き残れ、そうしなければ何も意味はないと。

だが、それに抗《あらが》うことができた。ファリナが死のうとしていることを知っていて、その決意を『奪う』ことができたのだから。

絶対に変えられない『職業』。その呪いのような縛りから、最後の最後に抜け出せた。

「どうして……どうしてなの、マイト……ッ」

最後に聞こえてきたのは、ファリナの俺を責めるような声だった。

泣かせたくはない。そう思っていたのに、最後の最後に、俺は誰よりも強い剣士の泣き顔を見た。

◆◇◆

「——イト」

すぐ近くから声が聞こえる。

仰向《あおむ》けに倒れた状態で、目を開ける。吸い込まれそうなほど青い空が広がっている——

そして、俺が寝ている場所はただの地面や床ではなく、磨き上げられた鏡のように空を映し出している。

ここにいるだけで不安になりそうな風景だが、動揺することがないのは、俺が死んだからなのだろうか。

「マイト。あなた方が命を落としたあとに向かう場所は、ここではありませんよ」

丁寧ながらからかうようにも聞こえる口調で、彼女はそう言った。

仲間たちの姿は見えない。この果てしなく広く思える場所に、俺と彼女だけがいる。

白く長い髪に、金色の眼《め》。俺が今まで見てきたどの種族ともその特徴は異なっていた。

その装《よそお》いは、神々《こうごう》しくさえある——白い貫頭衣に装身具を身に着けているだけだが、見るだけで感情が波立つのが分かり、直視できない。

「私たち女神は、見るものが理想とする姿に見えるものです」

「……女神……楽園の扉の向こうにいるっていう神が、ここにいるってことは……」

彼女は口元を隠すようにして笑うと、俺に近づいてくる。差し出してきた右手を握ると、身体を引き起こされた。

その手は温かくも冷たくもない。だが、自分が死んだのかという疑念が薄れるくらいには、握られた感覚がはっきりしていた。

「世界の果てには、かつて楽園の扉があった。その向こうには神の国がある……というお話を、聞いたことはありませんか？」

「……それは、おとぎ話じゃないのか？　世界の果てには魔竜がいるとしか聞いてないが」

「楽園の扉に至る道を閉ざしていた魔竜を倒したことで、神の国はあなたたちに接触を図ったのです」

女神を自称するその人物は、両手を合わせるようにして話す——その姿は、旅の途中で見た神像の一つに似ている。

「魔竜は死の呪いを遺し、あなたはそれを受けました。本当なら魂を神の国に連れて行くところですが、今回は猶予を与えさせていただきました」

「猶予……？」

「他の三人の『面談』はすでに終えています。あなたの蘇生《そせい》を希望していましたが、それについてはあなた自身と話すことで結論を出すことにしました」

「俺と話すことで……？」

女神は面談の結果次第で、俺を蘇生させられる——そう言っているように聞こえる。

覚悟して『死の呪い』を受けたのだから、このまま死ぬのが道理だ。都合のいい話に飛びつくことはできない。

「あなたは『そのために』魔竜を倒そうとしていたのではないですか？」

「俺の考えはお見通しってことか」

「そんなに嫌そうな顔をしないでください。魔竜を倒すための目的は、世界を救うためだけではない……それは自然なことです」

「確かにそうだが、俺の仲間たちは……正直なところ、信じられないくらいに純粋だよ」

とても三人の顔を見ては言えないようなことを、今だから口にできるというのは皮肉な話だろうか。

俺は純粋じゃなく、死んだのも自分がそうしたかったからというだけに過ぎない――なのに女神は微笑《ほほえ》みを絶やさない。

女神は全ての生命を慈《いつく》しむという、聖句の通りであるかのように。

「あなたたちが魔竜を倒したことで、私たちは下界に干渉できるようになりました。そのお礼ということになるでしょうか……何か一つ、願いを叶《かな》えて差し上げます」

もう俺は死んでいるはずだ、実体もない――そのはずが、胸が震えるように感じた。

「願いって……そんなことが、本当に……」

「はい。まず最初に、感謝をお伝えするべきでしたね。魔竜レティシアを倒した英雄に、神々より惜しみなき賛辞を」

彼女は俺の前で片膝を突き、頭を下げる――言葉だけでなく態度でまで示されれば、信じないわけにもいかなくなる。

——神を驚かせるようなことができたら、勝手に向こうからへりくだってくるさ。

いつかの言葉が蘇《よみがえ》ってくる。今がその時だとでもいうように。

「……頭なんて下げないでくれ、俺はただの『盗賊』だ」

「『盗む』という行為は、必ずしも悪事であるとは限りません。それとも、別の職業を希望していたのですか？」

「同じ『盗賊』でも、魔力を一切持ってないっていうのは俺くらいだ。魔力を持たないなんて、この世界じゃ不能って言われてるようなもんだからな」

「それでもあなたは一つの職業を極め、困難なことを成し遂げました」

自分には欠陥があると、ずっとそう思ってきた。このパーティに必要なのは本当に俺なんだろうかと、常に迷いがあった。

魔力を持ち、魔法を習得している仲間たち。俺も魔法が使えたら、より連携が上手く行っていたかもしれない。

しかし、与えられた職業は変えられない。どんな生命も職業から切り離すことができない、それがこの世界だ。

──だが、もし。

本当に目の前にいる彼女が女神なら。絶対に叶わないと思っていた願いを、神の力で叶えられるのなら。

「……笑わないで聞いてくれるか」

「はい。どのようなことでも仰《おっしゃ》ってください」

喉がひりつくほどに渇いていた。

仲間たちにも一度も言ったことのない、冗談にしても笑えないような願望。

「俺は、魔法が使えるようになりたい。『賢者』になりたいんだ」

魔力を持たない『盗賊』が、よりによって魔法職の頂点とされる『賢者』を望む。

そんな子供のうちしか許されないような大それたことを言ったら、恥ずかしい奴《やつ》だと思われてしまうだろう。

女神の表情は変わらなかった。笑わずに聞いてくれている──と思ったが、彼女は顔を伏せてしまう。

「やっぱり笑うよな……無理もない、変な予防線を引いた俺が悪かった。そんな願い、叶うわけ……」

「いえ、叶えられます。与えられた職業を変えることは、女神に許された権限の一つですから」

「っ……‼」

思わず声を上げそうになる。職業を変える、あるいは魔法を使えるようになる——それはずっと、ないものねだりだと自分に言い聞かせていた。

しかし女神は腕を組み、少し難しい顔で、嗜《たしな》めるように言葉を続ける。

「職業を変えるということは、レベルが1に戻るということです。『レベル99の盗賊』である現在とは大きく勝手が変わってきますが……」

「レベル1……ってことは、相応のレベル帯の地域にしか入れなくなるってことか」

「はい。それでもいいのですか？　仲間ともすぐに会うことはできなくなりますよ」

魔竜を倒すために協力する、その目的のために俺たちはパーティを組んだ。

三人とも、魔竜を倒した後に故郷ですることがあると言っていた——また会えるかは分からない、それは分かっていたことだ。

「そして『賢者』と言っても、あなたの生来持つ才能に合わせた魔法を使うことになります。広く知られている攻撃魔法、回復魔法を覚えるとは限りません」

「そう……なのか？　だけど、俺に向いてる魔法ってのはあるんだな」

「職業を変えた事例が珍しいため、確かなことは申し上げられませんが……想像と違ったことになっても、また職業を変更することは難しいと思ってください。職業の変更は神の定めた摂理を外れた行為ですから」

本当は勧めない、というのが暗に伝わってくる。それはそうだろう、レベルが1に戻っても良いなんて言える奴は世界中探してもそうはいない。

しかし簡単にはいかないだろうが、レベルはまた上げればいい。『盗賊』で積んだ経験を活《い》かし、レベル1でも入れる地域——俺の故郷である歓楽都市なら、日々を生きるには困らないはずだ。

「決意は固いようですね……マイト」

「ここで冒険は終わりだと思ってたが、まだ続けられて、なりたかった職にもなれるんだ。苦労はするだろうが、後悔はしない」

「分かりました。では、この扉を通ってください」

女神がそう言って指し示した先に、忽然《こつぜん》と扉が現れた。それまではなかったはずのものが、一瞬で現れている。

「この扉を通って真《ま》っ直《す》ぐ歩き続けてください。あなたの職業は変化して、懐《なつ》かしい場所の近くに出るでしょう」

「本当か？　それで職業を変えられるのか……」

「もし心配でしたら、送っていきましょうか？　女神としてではなく、依代《よりしろ》を借りることにはなりますが」

「ありがたいけど、止《や》めておくよ。俺は自分が死ぬものだと思ってたんだから、もし騙《だま》されてもそれはそれで構わない。そういう運命だったんだ」

女神は頷《うなず》きを返す。それならば言うことはないというように。

「俺がこの選択をしたことは、みんなには伝えてもらえるのか？」

「それについては答えられません」

「そうか。何とかして、もう一度会うしかないのか」

「それをあなたが望むのならば。私が言えることはこれだけです」

朗らかに、けれど突き放すように女神は言った。だが、それが本来の神としての振る舞いなのかもしれない。

扉に近づき、開ける。蝶番《ちょうつがい》を軋《きし》ませて開いた先から、光が溢《あふ》れる。しかし不思議と眩《まぶ》しいとは感じない。

「迷わずに歩き続けてください。あなたに——の加護があらんことを」

背中にかけられた声は穏やかだった。迷うなと言われたとおりに、俺は振り返らずに歩き続ける——ただ、前へ前へと。

第一章　はじまりの街の冒険者たち

1　魔力と実験

扉を抜けたあと、ひたすら真っ直ぐに歩き続ける。

よそ見をするつもりはなかった。だが、その違和感はどうしても無視できなかった。

向かう先とは違う方向。横にそれたところに扉がある。薄く透けているが、確かに扉だ。

だが、ドアノブも何もない。どうやって開けるのかも分からない。

今は通り過ぎるしかない——後でここに戻ってこられるのかも分からないが。

そのまま進んでいくと、さらに光が強くなる。

眩しさに、思わず腕で目を覆った——そして。

気がつくと、森の中にいた。

木々の向こうに、見覚えのある建物の一部が見える——俺の生まれ故郷と呼べる場所、歓楽都市フォーチュンの見張り塔だ。

「帰ってきたのか……って……」

自分の声が想定とは違って聞こえ、思わず喉に触れてみる。

——喉仏がほとんど出ていない。

すぐ近くにあった池の水面《みなも》に自分の顔を映してみると、二十代も半ばを過ぎた男の顔ではなかった。

「……若くなってる……のか？」

見たところ、十五歳くらいの姿に戻っている。もっと痩せこけていたし、一日剃《そ》らなければ無精髭《ぶしょうひげ》も生えていたのだが——なぜこんなことに。

信じられずに自分の頬を引っ張ったりしてみたが、やはり現実らしい。

他に気づいた変化といえば、装備が変わっている。盗賊でないと身に着けられない装備が消失したのかと思ったが、すぐ近くに収納晶《アイテムキューブ》が落ちていた。

この手のひらに乗る大きさの八面体の結晶を使うと、見た目以上の高さの収納力を持つ空間に物をしまっておくことができる。しかし魔力を使わなければ中の物を取り出せないので、いつも仲間に頼んでいた。

俺が本当に転職していれば。魔法を使える職業に変わっていれば、使えるはずだ。

「……頼む……っ！」

仲間たちがそうしていたように、キューブを左手に乗せ、右手をかざして『開け』と念

じる——すると。

キューブの中に入っているものが何なのか、情報が頭の中に流れ込んでくる。

盗賊として装備していたものと各種の道具、全てがこの中に入っている。試しに一つ取り出してみると、愛用していた『伝説の盗賊アンバーのダガー＋99』が出てきた。

装備品を鍛えると、鍛冶屋《かじや》によって強化された回数が刻まれる。間違いなくこれは俺の武器だ——だが、持つと『物凄《ものすご》く持ちにくく』感じてしまう。

俺の職業はもう、このダガーを使える『盗賊』じゃない。そして、キューブを利用することができる魔力がある。

「これが魔力……そうか、こういう感じなのか……！」

女神は有言実行で、俺の職業を変えてくれた——そう考えていいらしい。

ギルドに行けば、自分の職業を調べてもらえる。そこで正式に『賢者』になれたかどうか確認できる。

フォーチュンの盗賊ギルドにも知り合いはいるが、抜ける時に少し揉《も》めているので、安易に顔は出せない。今の俺はレベル１のはずだから、初心者ギルドに行くのが良さそうだ。

「その前に……ええと、こうだったか。炎よ、我が敵を討て。『ファイアボール』！」

黒魔法の基礎中の基礎で、賢者ならばレベル１でも使えるはずの攻撃魔法。

詠唱は合っているはずだが――何も起きない。

「……『ファイアボール』！　『ファイアボール』！」

うんともすんとも言わない。

右手を前に伸ばし、魔法を撃つポーズを取っていた俺だが、無性に恥ずかしくなってきて手を引っ込める。

俺の職業は賢者ではないのか、それとも何か初歩的なミスをしているのか――と考えたところで、ようやく一つ思い当たった。

「そうだ、杖《つえ》とかの発動具が必要なんだな。まずそれを買わないと」

シェスカさんは聖杖《せいじょう》を持っていて、エンジュは身体《からだ》のあちこちに魔法の発動具を装着していた。今の俺は布の服を装備しているだけだ。

まずは都市に向かうことにする。レベル１でも倒せるような弱い魔物が近くにいたが、せっかくなら魔法で倒したいので、今は避けていくことにした。

2　初心者ギルド

レベルが低くなっても盗賊時代の感覚はそれほど鈍《なま》っていないのか、魔物との遭遇を避けて都市の正門に辿《たど》り着いた。

他の仕事がすぐ見つかるとも限らないので、冒険者として登録しておきたい。ギルドで受けられるサービスは色々と便利だというのも理由だ。

中央広場にある初心者ギルドを見つけ、建物に入る。

窓口に向かう途中で、何か揉めている——女性冒険者と受付嬢が話している。

「ちょっと、どうして開けられないの？　せっかく重いのを持って帰ってきたのに」

「そう言われましても、宝箱の解錠は当ギルドでは承っておりませんので……」

「そうですよね、やっぱりおおっぴらには言えないあのギルドに行くしか……」

「盗賊ギルドか……城郭の外にあるのは知っているが、彼らの力を借りるのは気が進まないな」

（冒険者の三人組……か。このあたりで宝箱を見つけても、大したものは入ってないだろうけどな）

そんなことを考えつつ見ていると、こちらを振り返った冒険者の一人と目が合った。長い青髪の少女だ。

いかにも気が強そうで、おてんば娘という感じがする。腰に帯びた宝石のあしらわれている細身の剣や、仕立てのいい服などからして、良家の生まれのようだ。

「ふだんはロックピックのご用意もございますが、あいにく在庫を切らしておりまして」

「自分で開けろっていうこと？　そういう細かいの、苦手なのよね……」

「いっそ薬品を爆発させて吹き飛ばしてみましょうか？」

「それでは中のものが消し飛んでしまいかねない。私が挑戦してみよう」

（っ……本気か？　あの女騎士、器用さがめちゃくちゃ低そうなんだが……）

赤髪をおさげにした女騎士が、無理やり宝箱を開けようとする――が、受付嬢が慌てて止めた。

「お、お客様っ、ここではなくて、もっと広い場所で……」

「うん？　そうか、罠《わな》が発動するかもしれないからな。しかし心配することはない、私は女神の加護を受けた『パラディン』。ゴブリンどもの卑劣な罠になど引っかからない！」

「ゴブリンはこの箱を置いて逃げて行っちゃったんです。鍵を出させようとしたんですけど、ちょっと薬の調合が上手《うま》く行かなくて」

「そういうお薬の話は人前でしちゃ駄目って言ったでしょ、ナナセ」

「あ、そうでした。でも催眠のお薬くらいなら、街の薬局にもたまに入荷しますし」

ナナセと呼ばれた少女――ライトパープルというかそんな髪色の、帽子を被《かぶ》った小柄な少女だが、おそらく彼女の職業は『薬師《くすし》』だろう。

「では外で宝箱を開けてくる。迷惑をかけてすまなかった」

青髪の少女冒険者と赤髪の女騎士が、二人で協力して箱を運んでいく。

盗賊をパーティに入れていないとこんな苦労があるのか、と今さらに思う。自分が盗賊だと分からないこともあるものだ。

俺が盗賊のままだったら、ロックピックなんて使わなくても指先だけで開けられる。そう、こんなふうに――。

「……えっ？」

箱を持った二人が、俺の目の前を通り過ぎようとした、まさにその時。青髪の少女が、目を見開いて足を止めた。

「……えっ？」

期せずして、俺も青髪の少女と全く同じ反応をしてしまう。

――宝箱の錠前の部分が光っている。

そして、俺の手の中には。どこから出てきたものか、一本の小さな鍵が握られていた。

3　ホワイトカード

「どうしたのだ、急に立ち止まったりして」

赤髪の女騎士が、不思議そうな顔で言う。

彼女たちは宝箱の錠前が光ったことには気づいていない。しかし青髪の少女は、俺が小さな鍵を手にしていることに気づいていた。

だが、それは宝箱とは無関係のもののはずだ。俺だって、いつからこの鍵が手の中にあったのか分からない――何か技を使ったつもりもないが、無意識に何かしてしまったのか。

「……何か気になったんだけど、それが何か分からないの」

「そういうのってたまにありますよね、既視感《デジャブ》っていうか」

「ふむ。家の鍵を閉めたかどうか、急に不安になるのと似たようなものか」

「ちょっと違うんだけど、そこの人が……見覚えとかは、ないわよね」

青髪の少女の視線が、俺の上から下まで――は行かないが、結構マジマジと見られた。

「……見覚え、ないわよね？」

話しかけられる寸前の空気だったが、彼女は思いとどまったようで、ギルドの外に出ていった。

「おう、見ない顔だな」

このギルドにおいて先輩らしい、中年男性たちが話しかけてくる。悪人ではなさそうだが、昼間だというのに少し酒臭い。

「教えといてやる、あの三人は一ヶ月前にこの街に来たんだ」

「ああ、そうなんですか」

俺のことを知っている人物はいないし、魔竜を倒して転職したという話も広める気はないので、普通の新人という体《てい》で話すことにする。

「三人ともえらく美人だから、若い冒険者たちがのぼせ上がっちまってな。なんとかパーティに勧誘しようとしたんだが……この先も聞きたいか？」

「勿体《もったい》つけんなよ、ゴッツ。あんたもそのうちの一人じゃねえか」

「経験者は語るってやつだ。綺麗《きれい》な花には棘《とげ》がある。覚えときなよ、兄ちゃん」

結局続きを聞けなかったが、何となく事情は察した。

彼女たちはこのギルドにおいて、多くの勧誘を受けるほど人気があるということだ。あれだけ華があると他の冒険者たちが勧誘したくなるのも分からないでもない――といっても、俺から見るとまだ初々《ういうい》しいところのある女の子たちというように見えたが。

「お待たせしました、次の方……あっ、新人さんですね」

「はい、よろしくお願いします」

――あなたは言葉遣いで勘違いされているだけよ。中身はそんなに悪人じゃないもの。

――私もマイト君のことを最初は尖《とが》ってると思ってたな。今は本当のあなたを知ってるけどね。

ファリナとシェスカさんに言われたことを思い出す。二人とも好き勝手言ってくれると、あの時は思った。

しかし今はそれほど抵抗もなく敬語を使っている。盗賊だった時と違って、できるだけ平穏にやっていきたいという姿勢になっているからか――賢者になると、そんなところも変わるのか。

「まず、お名前をお伺いしてもよろしいですか？」

「ええと……マイト＝スレイドです」

「かしこまりました。では、マイト様とお呼びさせていただきますね。早速ですが、職業とレベルを調べさせていただきます。このカードに触れてみてください」

ギルドカード――元々俺が持っていたのは、最高ランクのブラックカードだった。しかしレベル90以上でなければ利用できない。

差し出された初心者用のホワイトカードを懐《なつ》かしく感じながら、触れてみる。

「……レベル1、『賢者』と確認させていただきました。このまま登録されますか？」

受付嬢の言葉に、思わず喜びを声に出しそうになる。ギルドでも認定されたのだから、俺の職業は間違いなく『賢者』になっている。

「お客様、いかがされましたか？」

「あ……い、いえ、何でもありません。登録をお願いします」

舞い上がっていては不審に思われてしまう――だが、受付嬢に早速聞いてみたいことが出てくる。

「あの、すみません。変な質問だとは思うんですが……」

「はい、何でもお尋ねください」

「『賢者』って、レベル1でも魔法は使えますか？」

「……はい？」

受付嬢はキョトンとしている――何を言ってるのこの人、という顔だ。

「魔法に限りませんが、職業というものは生来決まっているものですので……この歓楽都市フォーチュンは別名『はじまりの街』とも言われていまして、レベル帯が10以下なのですが、こちらの初心者ギルドに来る方の多くはレベル3以上です。そこまでレベルが上がるまでに、特技の使い方は体得というか、実戦で覚えているはずなのですが……あっ」

順序立てて説明してくれてから、受付嬢は改めて気づいたようだった。

「レベル1で登録するのは珍しいんですね」

「は、はい。失礼ながら、最近ではまれな事例です」

「そうなると、仲間探しも難しかったりしますよね」

「そうなりますねえ……ああ、どうしましょう。私が冒険についていってあげることもできないですし……でもこんな少年に一人で依頼を受けさせるのも……」

少年と言われるような年齢では──と思ったが、ギルドカードは年齢も判別できるので、触れた時点で表示されていた。

十五歳──なぜこの年齢なのか。考えてみたが、転職してレベル1になったので、相応に年齢も下げられたということなのか。女神にもう一度会えるものなら確認したい。

4　呼び出し

受付嬢は二十歳《はたち》くらいといったところだろうが、さっきから何となく落ち着かないのは、年上の魅力というのを感じてしまっていたからなのか。『盗賊』の特技である『冷静沈着』が働かないと、世界はこんなふうに見えているのか。

「あら？　少し顔が赤いようですが、熱がおありですか？」

「い、いえ。平熱です。自分が使える魔法を知るためにはどうしたらいいんでしょう」

「何事も行動です。今まで一度も特技を使ったことのない人というのは、そうそういないと思いますので……過去に偶然に発動したことはありませんか？」

言われてみて思い当たったのは、さっき宝箱の錠前が光ったこと。

そして、いつの間にか手に握っていた鍵——と、さっきポケットに入れたはずの鍵がない。

（ここに入れたよな……落とした？　いや、そんなことはない……『消えた』んだ）

「マイト様、いかがなさいましたか？」

「何もないところから、何かを出したりする魔法……ほんの小さなものなんですが、そういう魔法はありますか？」

「そうですね……一つ考えられるのは召喚魔法ですね。これは『召喚師』の方が使うと言われていますが、このギルドに登録が一つもない希少職です」

「じゃあ、召喚魔法以外の魔法では、何が考えられますか？」

「物を転移させる魔法……これも、高レベルの魔法職の方が使うかもしれませんが、『はじまりの街』には無縁だと思います」

そうなると、鍵が出てきたり消えたりするのは何なのか。

白昼夢を見ていたなんてことはない、鍵の手触りは本物で、確かに存在していた。

「もう一つ考えられるのは『物質化』ですね。その名前の通り、魔力を物質化させることができるそうです。絵本のおとぎ話になっているくらいの、伝説の魔法ですが」

『物質化』――世界の果てと最も隣接する街で、最低でもレベル70以上の魔法職が集まるところでも、そんな魔法が使える人物に会ったことがない。

じゃあ俺は一体何をしたというのか。再現しようにも、再び鍵が出てくることはない。

「……ありがとうございます、参考になりました」

「すみません、お力になることができず……」

「いえ、親身に対応してもらえて心強かったです。俺、すぐにでも仕事をしたいので、何か依頼があったら受けたいんですが……」

「そちらの掲示板で、条件が合う募集を探してみていただけますか？　これはと思うものがあったら、こちらのカウンターで受注をお願いいたします」

受付嬢の表情を見れば、レベル１で受けられる依頼が今はなさそうだと分かる。

それにしても『歓楽都市』と呼ばれているとはいえ、このギルドの制服は体型を強調しすぎている――どうしても顔ではなく、もう少し下方向に視線が引き付けられる。

（いや、色事に興味を示してる場合か……って……）

思わず刮目《かつもく》する。受付嬢の胸のところに、半透明にぼやけた何か――錠前のようなものが見える。

「……マイト様、何か？」

「っ……す、すみません、変なところは見てません。いや、見えたというか……」

「はい？」

まばたきをした後には、錠前は見えなくなってしまった。

元盗賊だからといって、錠前の幻覚を見てしまうとは——いや、それが転職したあとの変化なのだとしたら、その意味を理解しなくてはいけない。

◆◇◆

掲示板を見てみたが、魔法職の募集はあっても、最低でもレベル3以上というものしかなかった。

問題として、当座の資金がない。最後の街で金を預けてしまっていたからだ。

街外れには馬小屋があり、どうしても困った時はそこで泊めてもらえると言われたが、食事が出るわけでもないのでどのみち日が沈むまでに少し稼がないといけない。

（近くの森に魔物がいたな……ちょっと倒してくるか）

ギルドで時間が経過して、今は昼下がりだ。森に行って帰ってくる頃にはちょうど日が暮れるくらいか——と考えたところで。

「そこのあなた、ちょっといい？」

目の前に、さっきの青髪の少女が現れる。腰に手を当てて胸をそらし気味にしている
――さっきはあまり意識しなかったが、そんなポーズをされると身体《からだ》の起伏が強調される。

「……俺ですか？」

「そうよ、あなたの前をさっき通ったでしょう。その時のことなんだけど、確認したいことがあって。ちょっと私と来てくれる？」

ギルドで噂《うわさ》の美少女からの呼び出し。それでも別にときめかないのは、何か不穏な空気だからだ。

俺は彼女についていってもいいし、この場を離れてもいい。さあどうしたものか――。

5　乙女の勘

「……怪しいと思ってない？　何も悪いことはしないわ、イリス様に誓って」

イリスというのは女神の名前だったと思う。イリス教徒は盗賊ギルドと敵対しているので、正直良い思い出がないのだが――今の俺は賢者だ。

「ただ、本当にちょっと気になったっていうか、さっきあなた、手に鍵を持ってなかった？」

見られていた——いや、普通に見えるところで鍵を出してしまっていたが。

どう答えたものだろう。俺にもまだ理解できてないことを言っていいものか。

即答できない俺を見て、少女は腕を組んで思案顔をしつつ言葉を続けた。

「私もね、そんなことはありえないと思ってはいるのね。でもゴブリンの箱の鍵を、あなたが偶然拾ったりしたとか、そういうこともあるかもしれないじゃない？」

「い、いや。拾ってはないけど」

「待って、そんなに結論を急がないで。乙女の勘を侮《あなど》るものではなくてよ」

「ああ、やっぱりどこかのお嬢様なんだな。何となくそう思ったんだ」

「っ……私の勘を侮らないでよね。これでいい？」

服装でなんとなく分かるとはいえ、彼女の家柄とかそういうことには関心を持たないのが優しさのようだ。

というか、この少しの会話だけでだいたい分かってしまったが——世間擦れしていないというか、率直に言ってしまうと心配になるところがある。

「……なかなか鋭いわね、あなた。やっぱり私が見込んだ通りだわ」

「見込まれてたのか……俺の名前はマイトって言うんだけど、君は？」

「私はリスティ、レベル3の『剣士』よ。あなたは見たところ、魔法職……かしら？」

「っ……そう見えるのなら嬉《うれ》しいな。俺は『賢者』で、レベルはまだ1なんだ」

「ふーん、そうなの。さっきはギルドで新人登録していたの？　それなら私の後輩ね」

「ああ、登録したばかりだよ」

青髪の少女冒険者――リスティは、ホワイトカードを出して見せてくれた。俺も同じようにすると、彼女は楽しそうに笑う。

指二本でカードを挟む持ち方が、彼女なりに格好つけている感じなのだが、俺の目には微笑《ほほえ》ましく映る。終盤のギルドで猛者《もさ》ばかりを見ていた俺には、その振る舞いは眩《まぶ》しい。

「……後輩くんにお願いするのもなんだけど、あなたが持ってた鍵を試させて欲しいの。ちょうど入りそうな感じがするから。ちょっとだけでいいから」

「どうなるか分からないけど、俺も自己責任で試させてもらっていいかな。罠《わな》とかは多分避けられると思う」

「そうなの？　『賢者』って手先も器用なのね。『賢い人』っていうだけじゃないのね」

「そういうのには慣れてるからな」

「ふぅん……？　あっ、だから鍵を持ち歩いていたのね。それは宝箱のマスターキーか何かなんでしょう。私の勘は当たるのよ」

リスティは自信満々に言う。マスターキーなんて、そんな便利なものなんだろうか――

というか、ここまで話してようやく思い出す。

（鍵が消えた……ってことは、今は言わなくていいか。宝箱の錠前が光って見えて、手の中に鍵が現れた。同じ状況なら再現できると思いたい……できなかったらかなり格好悪いな）

「じゃあ、ついてきて。開けられたらあなたにも分けるから。取り分は自由に決めて」

「開けられるかどうか、結果を見てから考えたほうがいいな」

「それはそうね。でも、あなたなら開けられそうって気がするのよね、なんたって賢い人だもの」

「賢者と普通に呼んでくれると嬉しいんだけどな……」

魔物を倒すと常に宝箱が出てくるわけではないので、俺としても自分の特技で鍵が出てきたのか検証できるのはありがたい。

（しかし……この娘《こ》は世間擦れしてなさすぎて心配になってくるな）

フリーで箱を開ける依頼を受けても、手数料は三割までと言ったところだ。分けられないものが出てきた場合は支払いで揉《も》めることもある。

序盤は銀貨一枚の差が死活問題だ。ギルドの掲示板を眺めてみてもその感覚で間違いはなさそうなので、分け前をもらうとしてもチップ程度が妥当だろう。

森の入り口付近、街のほうから目につかないくらいの場所に来たところで、さっきのナナセと呼ばれた薬品マニア――というか薬師《くすし》らしい少女と、赤髪の女騎士が姿を見せた。

「すまないな、わざわざ来てもらって」

「箱の鍵を偶然拾ったって本当ですか？　ちょっと怪しくないですか？」

「いや、そんなに見られても……というか、距離が近いな」

「あっ……す、すみません。近くに寄らないとよく見えないので」

シェスカさんは強化魔法で視力も上げられると言っていた――彼女自身、若い頃に本を読みすぎて視力が落ちてしまったので、魔法を覚えて便利になったそうだ。このナナセという娘も、その魔法があったら不便はないのだろうが。

（賢者なら、そういう魔法も覚えるのか？　ファイアボールすら使えないと、まともに魔法を覚えられるのか心配になってくるんだが）

「そそ、そんな嫌な顔しなくてもいいじゃないですか。私ちゃんと昨日お風呂《ふろ》に入りましたよ、沐浴《もくよく》ですけどね」

「っ……ナナセ、そういうことを男の人の前で言わないで」

「ふところに余裕があるときは大浴場に行けるのだがな。少年、私はちゃんと鎧《よろい》の手入れを毎日しているから、そのあたりの心配は無用だ」

「冒険者なら数日は風呂に入れないときもあります……いや、あるんじゃないですか。久しぶりに入ると爽快でしょうね」

「む？　私に対して敬語でなくてもいいのだぞ、どちらでも任せるが」

「久しぶりにお風呂に入れると生き返ったって気がするわよね。駆け出し冒険者のあるあるなのかしら」

入浴の事情で深く共感する――というか、この娘たちも稼げないときはまともに風呂に入れないのか。若い娘には結構厳しそうだ。

俺に同意してくれていたリスティだが、ハッとしたように俺の顔を見ると、顔を赤らめて慌てて宝箱のほうに向き直った。

「これが問題の宝箱よ。私たちにはどうにもできなくて、手をこまねいていたの」

「錠前が思ったより硬くてな。ゴブリンもしっかりした宝箱を持っているものだ」

やはり力ずくで開けようとしたらしく、女騎士が錠前をこじ開けるような手付きをする。

魔力なしだった俺も自分を脳筋と思っていたが、彼女は文字通りのそれのようだ。

「むっ……そういえばまだ名乗っていなかったな。私の名はプラチナという。白銀の閃光《せんこう》プラチナと言えば私のことだ」

「白銀の……それは、二つ名ってやつか。初心者ギルドなのに二つ名なんて凄《すご》いな」

「まあ、自称なんですけどね」

「自称ではない、私の心の中ではそう呼ばれているのだ」

誇らしげに言うプラチナ——さんをつけるか迷ったが、たぶん歳《とし》も近いのでつけなくていいだろう。後で確認する必要はあるが。

彼女たちと話していると、自然と砕けた言葉遣いになってしまう。俺も今はレベル1なので敬語を使うべきなのだが。

「じゃれてる場合じゃないわ、この辺りは魔物が出るから。マイト、準備はいい？」

ここでもう一度『鍵』を出すことができなかったら、盗賊の技が使えなくとも、経験則で箱を開けるつもりでいた——しかし。

宝箱の錠前が、再び光って見える。

三人は気づいていない、俺だけにそう見えているのだ。

そして——少しの疲労感のかわりに、手の中に現れたのは、小さな鍵。

「おお……っ、鍵を魔法で作り出した、ということか……？」

「こんな魔法、聞いたことない……私たちの知らないこと、まだたくさんあるのね」

「興味深いです、この鍵を薬品に浸してみたらどうなるんでしょう」

三人娘はそれぞれ別の意味で興味を示してくれているが、その熱量にこちらが圧《お》されてしまう。これほど期待の目を向けられるとさすがに緊張もしようというものだ。

普通に考えたら、ゴブリンが落とした箱と、俺の手の中にあるどこからか出てきた鍵が一致するわけはないのだが――。

「――行くぞ」

三人が緊張しつつ見守る中で、俺は木箱にかけられた錠前に鍵を差し入れた。

カチャリ、と音を立てて、あっさり錠前が開いた。

顔を上げると、三人の表情が変わっている――いつも表に感情が出にくいファリナでさえ、安堵《あんど》したように微笑んでいたことを思い出す。シェスカさんは手を叩《たた》いてくれていた。

「凄い……本当に開くなんて……」

「でも、この箱には合わないくらい綺麗《きれい》な鍵ですよね……」

「うむ、キラキラと輝いていて……ゴブリンの持っていた古びた箱が、そのような鍵で開くとはな」

解錠したあと、鍵は消えてしまった。錠前ももう光っては見えない。

このわずかに感じる疲労が、魔力を使ったことによるものだとしたら。

俺が『賢者』として初めて使った魔法は、自分の魔力で鍵を作り出すというものだった。

リスティを見ると、何も言わずに頷《うなず》く。開けてみてほしい、ということらしい。

『はじまりの街』の周辺で手に入る箱になんて、大したものは入ってない。期待はせずにおくが——と考えつつ、開ける途中で。

「これは……」

思わず息を呑《の》む。鈍い光を放つ銅貨などが入っているだけかと思われた箱から、価値あるものが入っていると示すように輝きが漏れていた。

7　月下の女神／初戦闘

ギルドを出て、マイトがリスティに声をかけられた頃、『彼女』は自分の空間でそれを見ていた。

マイトを転職させた女神である。彼女がマイトと邂逅《かいこう》したときとは違い、風景は夜空に変わっていた。

深い青と黒を溶かしたような空に、白い月が浮かんでいる。

女神は月明かりの下を浮遊し、目の前の空間に浮かびあがった映像を見つめている。

仄《ほの》かな光を放つその映像の中には、青髪の少女について歩いていくマイトの姿があった。

「……何を見ているんですか？　ルナリス姉さま」

女神の後ろの空間が歪《ゆが》み、姿を見せたのは——金色の髪と灼眼《しゃくがん》を持つ、女神と瓜二《うりふた》つの女性だった。

「あなたの信仰者が、英雄マイトに声をかけました」

「そうですか。レベル3の人間が、英雄に恐れず声をかける……興味深い光景ですね」

「イリス、あなたがそう仕向けたのではないですか？」

イリスと呼ばれた金色の髪を持つ女神は、姉と呼んだ相手にただ微笑を返す。

「私は英雄ファリナを見ていましたので。母国に戻った彼女の姿を見てみますか？」

「それは私の管轄ではありません」

「あの四人の中で、どうして姉さまは『盗賊』の彼を選んだのですか？　それに転職などという、理《ことわり》を曲げるようなことを許して……」

「私の力だけでは理を変えることはできない。彼が転職することを、この世界が許したのです」

「……その思い入れが、主《あるじ》の意思に背くことのないように願いますよ」

イリスはルナリスの見ている映像を一瞥《いちべつ》し、さほど興味もないように、この場から去ろうとする——しかし、その前に。

「あなたは、ファリナたちにマイトの選択を知らせたのですか？」

問いかけに答えは返らなかった。空間が歪み、イリスの姿が消える。

ルナリスは再び、映像を注視する。

――やがてその目が見開かれる。マイトがその手に鍵を生み出し、箱を開けた。

「……あの地域の冒険者では、通常は開けられない箱。それをあの鍵で開いた……やはり……」

空中に浮かび上がっていた映像がかき消える。

ルナリスは自分の身体《からだ》を抱くようにする。そして震えるような、ささやかな歓喜を込めた声で言った。

「『レベル1』に『戻った』のではなく……マイト、あなたは……」

◆◇◆

「っ……マ、マイト……さん？　箱の中身、何だか凄くない……？」

古びた木箱の蓋を開けると、銀貨がゆうに百枚くらいと、金貨の袋が入っている。そして粘性のある液体――スライムのような――が入った丸底の瓶と、魔石のついたレザーのブレスレットが入っていた。

「……これからは貴殿をマイト殿と呼ばなくてはな」

「それじゃただの現金な人じゃないですか……ああ、でも、パンの耳と菜っ葉のスープからは卒業できるんですね、これで」

「あっ……ち、違うのよ、貧乏とかそういうわけじゃなくて、もしものときのために倹約をしてたのよ」

急にそわそわとし始めた三人を見て、ふぅ、と思わず息をつく。

察してはいたが、そろそろ言ってもいいだろうか——彼女たち三人の、冒険者としての率直な印象を。

「まあ……三人を見てれば、仕事はスムーズには行かなそうだってのは分かるよ」

「くぅっ……何ですって……！」

「い、言いましたね……本当のことでも、人を傷つけることはあるんですよ！」

「下手に出ていれば付けあがってくれる……！」

「分け前については俺の一存で決められるって、リスティが言ってたんだけどな」

あからさまに意地悪を言ってるようだが、ここは心を鬼にする。

「くっ……す、好きにしろ！　この身体は屈しても、心までは汚《けが》されない！」

「か、身体……そういう話になってるんですか？　私も求められてますか？」

「そ、そんなこと、私に聞かれても……」

さっきまでクールそうに見えたプラチナだが、すでに涙目になっている。他の二人も顔が真っ赤だ──レベル1の相手にここまで言われれば、さすがに堪《こた》えるか。

「……分かってるわ、私だってそんなに都合のいい話はないと思ってたもの」

「いや、俺の取り分は一割でいいよ」

「半分、いえ、七割くらいで勘弁してもらって……えっ？」

ナナセは目を丸くする。俺は銀貨を三枚手に取り、それを彼女たちに見せながら言った。

「ひとりあたり銀貨一枚ずつ。それが俺の考える正当な代価だ」

「そ、それでは、見つかった宝の十分の一にも……」

「箱を運ぶのも大変だったろうし、俺としても有り難《がた》かったから。また何かあったら相談してくれ。さっきのは悪かった、脅かしてごめんな」

「……マイト」

ちょっと格好つけすぎたか──説教してるように思われても何だし、そろそろ退散したほうがいいか。

「そ、そんなことを言っても、私たちに仕事ができないと言ったことは決して……いえ、別に許せないってほどでもないですけど……」

「う、うむ。本当に銀貨一枚でいいのか？　私たちの貞操にそれくらいの価値しかないというのなら、それはそれで怒りが湧いてくるのだが……」

「だぁあっ、そんなことは一言も言ってないだろ。とにかく、俺はこれで行くからな」

箱の中に入っていた銀貨以外のものが気になったりはするが、どうにも落ち着かない空気になってしまった。俺もまだ、年下の相手に対する扱いという経験が足りない。

——そんなことを考えて、立ち去ろうとした時。

首の後ろがちりつくような感覚。『盗賊』でなくなっても、魔物からの殺気を感じなくなったわけじゃない。

「出てきちゃったわね……もう一度、森の奥に追い返してあげる」

「えっ、ちょっ……弓とか持ってるんですけど、あのゴブリン……ッ、それに、何か大きいのも……っ」

「案ずるな、私が守ってやる。白銀の閃光《せんこう》の守りを見せてくれよう」

攻撃が得意そうな二つ名なのに守備型なのか——と突っ込みはさておき、期せずして、転職して初めての戦闘に突入してしまった。

レベル1で、魔法職の賢者。ファイアボールも使えない俺は、普通に考えれば戦力にならない。

しかし俺にとって、ゴブリンやホブゴブリンが脅威であるとは感じられない――全く負ける気がしない。

「マイト、私の後ろに隠れていろ！」

「私たちが戦っている間に逃げてもいいから！」

プラチナが俺の前に立ち、リスティは剣を抜いて駆けていく――レベル3ではまだ実戦の経験は少ないだろうに、その勇敢さに感心する。

「えーと、あれでもない、これでもない……えっちな気分になる薬、は逆効果ですよね」

「敵に効くポーションを持ってるのか？　なかなか面白そうだな」

「っ……はい、それはもう、お薬攻撃はときどき物凄《ものすご》い効果を発揮しますからね。それにしてもマイトさん、レベル1なのに落ち着きすぎじゃないですか……？」

「そんなことはないよ。初めての戦闘で緊張してる」

もちろん転職し、レベル1になってからの初戦闘――という意味ではあるが。

「ですよね、私もそんなに経験はないのでドキドキですよ……っ！」

「――やぁぁぁっ！」

ナナセが言った瞬間、リスティは前に出てきていたゴブリンの石斧《せきふ》をかわし、俊敏に反撃を叩《たた》き込んでいた。

「ギョフッ……‼」

見事な一撃だ――しかしゴブリンは頭を振り、すぐに立ち上がろうとする。

「私も負けていられんな……！」

「あっ、マ、マイトさんっ……⁉」

プラチナの前進に合わせて追随する。ナナセはそんな俺を心配しているが、右手を上げて制した――後衛には後衛の立ち位置がある。

「グフッ……グッグッグ……」

そんなプラチナとリスティを見て、ホブゴブリンは笑っているかのような声を出す。

レベルが低いうちは油断できない相手だ。安全に、無傷で倒す――それでいて、リスティたちにも活躍してもらい、成功体験を積んでもらう。

そんな偉そうなことを言っておいてレベル1なりの力しかなかったらどうするか――その時は、泥仕合になっても三人を守りきるだけだ。

8　賢者の指南

ホブゴブリンの配下のゴブリンは四体で、ナイフと棍棒《こんぼう》を持った前衛が二体、木陰に隠れてこちらを狙っている二体は弓持ちだ。

そういった編成を組むくらいの知能はあるし、ゴブリンの中には魔法を使う者もいる——魔力なしの俺にとっては複雑な相手だった。

「ゲッゲッゲッ……」

「ゲギャギギャッ、ギャギギャッ」

ゴブリンたちが何か喋《しゃべ》っている——ゴブリン語という低級言語で、簡単な意思疎通を行うためだけのものだが、経験上だいたい意味は分かる。

「……あれは何を言っているのだ？　口から物凄い量のヨダレが出ているが……」

「ゴブリンは人間の女性が好きなんだ。色んな意味でな」

「っ……つ、つまりそういうことか。捕まったら破廉恥な目に遭《あ》うということだな……！」

「ゲギャギギャッ、ギャギギャッ」

「鎧《よろい》を着ている女は筋肉質そうだから、軽装のほうがいいと言ってるな」

「なんと……き、筋肉をそのような形で愚弄されるとは。私はさほど鍛えきれていないとは言っておこう」

「どこで張り合ってるのよ……捕まるなんて絶対にありえないんだから、気を引き締めなさい」

話している間も弓のゴブリンを警戒しているが、余裕ぶっていて動く気配がない。レベルの差を感じ取ればゴブリンは一目散に逃げるものだが、やはり俺のことはレベル1にしか見えていないのだろう。

「みんな、この宝箱を手に入れた時はホブゴブリンとは戦ったのか？」

「ホブゴブリンってあの大きいのですか？　いえ、出てきませんでした」

「他のゴブリンはナナセのおかげで簡単に追い払えたしね。大きいゴブリンにも同じ手段が使えると思うわ」

「マイトは下がっているがいい。ここはレベルの高い私たちが引き受ける……さあ、こっちを狙ってこい！」

（っ……今の感じは……）

プラチナは勇ましく言って駆け出す――ゴブリン二体の攻撃を受け止め、彼女はビクともしていない。

「ぬぅうっ……これだから身体《からだ》を鍛えることは止《や》められない……！」

「ググッ……グギャッ……」

「ギギギッ……」

「……リスティ、どうしたんだ？」

「正々堂々と力比べをしているのに、横から攻撃したら失礼じゃない」

「そ、そうか……」

「これしき……私一人でっ……とぁぁぁあっ！」

「「ゲギャァッ……！」」

プラチナがゴブリン二体を押し切る――だが、控えていたホブゴブリンがプラチナを狙ってくる。

ゴブリンとホブゴブリンの一撃では全く膂力《りょりょく》が違う。そしてプラチナは自分のことを『パラディン』と言っていたが、今敵の攻撃を引き付けたのは、俺が知る限りパラディンとは違う技だ。

（あれは貴族の護衛職……『ロイヤルオーダー』の『身代わり』じゃないのか？）

「グォォォォッ！」

「来いっ……全部受け止めてやる！」

「プラチナさんっ、それちょっと違う意味に聞こえますっ」

なんとも緊張感がない――しかし繰り出されたホブゴブリンのパンチの威力は本物だ。

（そろそろか……俺一人で全部やってしまっては意味がないからな）

レベル1の賢者。普通なら身体能力はリスティたちよりも低く、魔法も使えなければばただの置物だ——だが。

「……ンゴッ……!?」

俺はプラチナの構えた盾に、後ろから手を添えた。ただそれだけで、ホブゴブリンの拳は完全にピタリと止まる——響いてきた衝撃は蚊が刺したようなものでしかない。

「——おぉぉぉぉっ!」

プラチナが気合いとともにホブゴブリンを突き飛ばす。ホブゴブリンの拳を止められたことが信じられないのか、ゴブリンたちが目をむいて驚いていた。

「全く手応えを感じなかった……マイト、一体何を……」

「これも一種の、『賢者』の魔法だ……!」

「な、なるほど……っ、さすがは『賢者』ということか……!」

「お話はそこそこにしなさいっ……せやぁっ!」

「「ゲギャァッ!」」

駆け込んできたリスティが斬撃を繰り出し、ゴブリンたちを斬り払う。一撃で仕留められるほどの威力はないが、ゴブリンを追い払えたというのは納得の威力だ。

「グガァァァアッ!!」

ホブゴブリンが跳ね返された拳をさすりながら、リスティに挑みかかる——しかしその動きは鈍重で、プラチナと俺で再び割り込み、盾でゴブリンの打撃を受け止める。

「か、軽い……なぜこんなに手応えがないのだっ……！」

「グォォォ……!?」

ホブゴブリンもなぜなのか分からない、という顔をしている。それはそうだろう、俺もこんなふうに仲間の防御を手伝ったのは正直言って初めてだ。

「――とっておきのぉぉっ、隠し球いきまーすっ！」

弓に狙われないように隠れていたナナセだが、物陰から何か小さな袋のようなものをホブゴブリンに投げつける――バフッ、と粉のようなものが散る。

果たしてどんな効果が――と思っていると、ホブゴブリンがプラチナとせめぎ合ったまままで変な動きをし始めた。

「――ブシッ！」

「どうですか、私の胡椒《こしょう》爆弾は！　胡椒はけっこう貴重品なんですよ！」

いかにも薬師《くすし》らしいという攻撃でもなく、反応に困る。だがホブゴブリンの力が緩んでいるうちに、リスティが剣を繰り出していた。

「グガッ……グガ？」

「ギャギャギャギャギャッ」

ホブゴブリンもやられた、という反応をしたのだが——思ったより傷が浅かったのか、取り巻きのゴブリンが自分も傷を負っているにもかかわらず笑っている。

「わ、笑うのをやめなさい！」

「——ギヒッ⁉」

「私たちも必死で戦っているのに、笑うのは良くないでしょう！」

「ギ、ギギッ」

リスティの言葉にゴブリンたちが反応している——ホブゴブリンは動じていない。

（なんで……こんなところに、こんな技を使う人間がいるんだ……？）

リスティに自覚があるのか分からないが、確かに技を使った。貴《とうと》い身分の人間、それにまつわる職業のものしか使えない技——『気品』を。

『気品』は自分よりレベルが低い相手の敵意を下げる。つまりホブゴブリンはリスティよりレベルが高いので効果がなかったということだ。

この三人は一体何者なのか。名乗っている職業と違うスキルを使うということは——と、今は戦闘中なので考えるのは後だ。

「胡椒爆弾は今のが最後ですから、次はとっておきを使うしか……」

「どこかに大きいゴブリンの弱点があるはず……それを突くことができたら……！」

「――リスティ、ナナセッ！」

プラチナが叫ぶ――三人とも、弓持ちのゴブリンの存在を失念していた。

二体が同時に矢を放つ。ホブゴブリンを倒すコツはあるし、この三人もそれを知っていれば独力で勝てたかもしれないが。

「――もうひとつ、『魔法』を見せようか」

リスティとナナセに向けて飛んでくる矢は、俺の目には『止まっている』くらいに遅く見えている。

走り出し、ほぼ止まっている矢の軸を『指で摘《つま》み』、そのまま弓持ちのゴブリンに向かって投げ返す。

「「ゲギャッ⁉」」

三人にはどこまで見えているか――おそらく視認は不可能だろう。もちろんゴブリンたちにとっても同じはずだ。

「えっ……ええっ……？」

「ま、まさか……これもマイトの魔法……？」

「――マイトさん、危ないっ……！」

「グゴォォォッ……‼」

ホブゴブリンが俺に向かって、拳を叩《たた》きつけようと振りかぶる。

「――弱点ががら空きだ」

「――ンゴォォォッ⁉」

さっき貰《もら》った銀貨を指で弾《はじ》き、振りかぶったときに無防備になる弱点――ホブゴブリンの顎に撃ち込む。

「カ……カカ……ガハッ！」

ホブゴブリンは脳を揺さぶられ、そのままズシンと前のめりに倒れる。取り巻きのゴブリン二体はもはやパニック状態だ。

「「ギャヒッ、ギャヒッ……！」」

（まだ続けるか？）

「ヒギィッ……⁉」

完全に戦意を喪失したゴブリンたちは、ホブゴブリンを引きずって森の奥に逃げていく。

これだけの目に遭えば、そうそう人里に近づこうとは思わないだろう。

そして、戦いが終わってみて我に返る――どう見ても賢者ではない戦い方をしてしまったし、三人に経験を積ませようなんて勝手なことを考えてしまった。

三人の反応が怖い。しかし振り返らないわけにもいかない。

「っ……マイト、あなたそんなに強かったの⁉」

こちらが面食《めんく》らうくらいの勢いで、リスティが真《ま》っ直《す》ぐに褒めてくれる。

「本当に凄《すご》かった、ホブゴブリンの弱点をすぐに見抜いて……あなた、私たちの戦いをじっと見て、魔物の動きを観察していたのね」

「い、いや……えーと、まあそこはかとなく」

「どれだけ謙遜してるんですか、そこは素直に褒められてください。まあもう少し戦いが続いていたら、私が秘伝の『お腹《なか》が空《す》いた気がしてくる薬』をゴブリンにぶつけてましたけど」

「そいつは効くのか……あ、ああいや、きっと効くだろうな」

あまり調子に乗ってはいけない、猛省だ。だが、正直に言えばどうにも落ち着けないでいる――俺は久しぶりに高揚してしまっている。

盗賊は強いなんて言われる職業じゃなくて、あくまで影の存在だ。そんな俺がこんな形で評価される日が来るとは思っていなかった。

「驚いた……私たちが不利だと見るや、すかさず出てきてあの八面六臂《はちめんろっぴ》の活躍。人はレベルで判断してはいけないのだな」

「プラチナさん、守ってやるって言っちゃってましたね」

「くぅっ……恥ずかしい。だが人は、恥ずかしいと思うことで強くなれるのだ」

「そういう方向で強くなるのはほどほどがいいと思うけど……ふふっ。でも、私も全然駄目だったから、もっと剣の修練を積まないとね」

「攻撃の威力は十分だから、ホブゴブリンみたいな一撃が重い敵でなければ勝てると思うよ。プラチナは敵の攻撃をよく引き付けてたし、守りも驚くほど固い。ナナセもあそこで動く勇気があるのは大したもんだな……って……」

まずい――まるで三人に対してそれぞれ評価するようなことを言ってしまった。

――マイトは私たちの中で一番、私たちのことを見てくれているのね。

――あなたが頼ってくれてると思うと目で分かるのよね。お姉さんの魔法も役に立つでしょう？

――マイトの助言はいつも私の盲点を指摘してくれます。

（俺はそれを、申し訳ないと思ってたんだよ）

生き残るために、魔竜を倒すために、仲間の能力を知っておくこと。そんな視点で仲間を見ることは、利己的なことだと思うこともあった。

「……マイトに教えてもらったら、私たちは……いえ。宝箱のことでお世話になったのに、それ以外のことを言うのは駄目よね。今のは忘れて」

「ええっ……で、でもそうですね、それは……」

「改めて、レベル1というのが信じられないほどの実力だな。やはり賢者という職業が持つ力なのか？」

それは俺にとっても、嬉《うれ》しい誤算というべきか——ある勘違いをしていた。

レベルが1に戻れば、必然的に弱くなると考えていた。事実として、盗賊の特技は使えなくなっている。

だが『特技が使えない』というだけだ。それ以外の能力——身体能力などが、ほぼそのまま残っている。

敵の動きは集中して見ると遅く見えるし、リスティたちの動きもそうだった。どのタイミングでも後出しで割り込めるというくらいに。

「マイト、ホブゴブリンをどんな魔法で倒したの？　速くて見えなかったんだけど……」

「えーと……今のは『コイン飛ばし』だ」

「コイン……そ、そんな魔法があるの？　コインを飛ばして当てるだけでゴブリンを倒せたの？」

「魔力を込めたコインなら、そういうこともあるかもしれないですね……どうやって飛ばすんですか？」

どうも俺のすることは魔法のようにしか見えていないらしい――『身体能力が高いからできることだ』と言うのもどうかと思うので、そこは訂正しないでおく。

俺は銀貨に魔力を込めることをイメージしつつ、指で空中に飛ばしてから受け止めた。

「まあ、こうやって普通にな」

「なるほど、そうやってコインを飛ばし、ホブゴブリンの弱点を的確に攻撃したのだな……なんという妙技なのだ」

要は、特技を使わなくてもこれくらいの敵なら相手にならないということだ。しかしレベル1で何も考えず強さを見せるわけにもいかない。そんな冒険者がいたら周囲から警戒されてしまう。

今後はあまり目立たないことを心がけなくてはいけない。賢者を名乗っても違和感のないように、他の魔法も習得しなければ。

「無事にゴブリンも撃退できたし、俺はこれで……」

立ち去ろうとして、三人を見たそのとき。

今まで、何も見えていなかったのに。リスティ、ナナセ、プラチナの胸のあたりに、目を疑うようなものが浮かんでいた。

仄《ほの》かに輝く、半透明の錠前。それらが視界に入ると同時に、本能が理解する。『盗賊』ではない、『賢者』という職業に与えられる、天から降ってくるような知識。

――常時発動技【ロックアイ】条件を満たすと生物・非生物が持つ『ロック』を可視化する――

――特殊技【白の鍵】『白のロック』を解放する鍵を魔力を消費して生成する――

「そんな、逃げるみたいに行かなくてもいいでしょう。あなたが一番活躍したのに」

「私がパラディンとしてマイトを守らなくてはと思っていた。しかしさっきの的確な指示がなければ、私は矢を受けていたかもしれない……守ってもらったのは、私のほうだ。感謝する」

「それに銀貨を投げちゃってるじゃないですか。やっぱりもっと持っていったほうがいいですよ？」

三人それぞれに引き止めてくれているが――俺はというと、内心で葛藤していた。

やはり、鍵を作り出せたのは賢者の魔法によるものだった。もっとメジャーな魔法を使えるようになるとばかり思っていたが、どうやらそうはいかなかったようだ。

そして、三人の胸の前に浮かんでいる『錠前《ロック》』——ギルドの受付嬢のときも見えた気がしたが、あのときはすぐ消えてしまった。しかし今は『意識して見ないようにすると見えなくなる』状態で、勝手に消えてしまう気配はない。

「……どうしたの？　ぼーっとして。私たちの服に何かついてる？」

「い、いや。何でもない」

「話の続きは街に戻ってすることとしよう。ここにいるとまた戦闘になるかもしれないのでな」

「そうしましょう。マイト、一緒に来てくれますか？」

なぜロックが見えるようになったのか。そして、そのロックを『白の鍵』で開けることができるのか——開けたら何が起こるのか。

分からないことだらけだが——三人が俺を怪しんでいないのなら、ひとまずは安心だ。街までは一緒に行き、あとのことはそれから考えることにした。

第二章　初心者パーティとレベル1の熟練者

1　報酬と乾杯

ゴブリン撃退の証明として落としていった弓と、ホブゴブリンたちが耳につけていた金属の耳飾りを外して拾ってきた。

魔物の特徴として、力の差を見せると『縄張り』を後退させ、人里から離れていく。しばらくあのホブゴブリンたちが街に近づくことはないだろう。

ギルドカウンターで報告をすると、拾得品と交換で銀貨四十二枚が支払われた。

「えっ……そ、そんなに頂いてしまっていいんですか？」

「はい、このホブゴブリンは以前にも都市近くで確認されていて、賞金がかかっていましたので。内訳はホブゴブリンが三十枚、ゴブリン四体が三枚ずつになります」

リスティだけでなく、他の二人も驚いている——明らかに目がキラキラしている。

金貨四枚と少しに相当する報酬。宝箱の中に入っていた分も入れると相当な額だ。三人の反応を見るに、よほど今までは実入りの少ない仕事をしてきたらしい。

「掲示板の依頼を達成して達成点を貯《た》めていただきますと、より良いお仕事をご紹介できるようになりますので、そちらもご検討をお願いいたします」

「うむ、そのつもりだ。今までは討伐依頼の対象を見つけられなかったり、わけあって討伐できなかったりしたが、今回のことで自信をつけられた」

「ふふっ……四人目のメンバーさんが加入して良かったですね」

受付嬢が微笑《ほほえ》みつつ言う。三人娘が揃《そろ》って振り返り、後ろに控えていた俺を見てくる。

「……あら？　まだパーティを組んだというわけではありませんでしたか。そういった雰囲気でいらっしゃいましたので、つい勘違いを……申し訳ありません」

「えっ……そ、その、マイトには今回協力をお願いしただけですから」

「リスティの乙女の勘が的中したのだ」

「？？？」

「プラチナさんの言うことは話半分に聞いておいてください。それではまた来ます、受付嬢さん」

ナナセがやや強引気味に話を切り上げ、カウンターを離れる。周りの冒険者たちが、報酬の額に興味を示している――ここはスカウトの場でもあるので、稼げる冒険者は注目の的だ。

「あ、あんたら……俺たちのパーティに入らないか？」

「男だけのむさいパーティより、女の子同士のほうがいいでしょ」

「おいおい、待ってくれ。彼女たちには僕も注目していたんだが？」

あれよあれよという間に始まる争奪戦。話に聞いてはいたが、リスティたちの人気は相当なものだった。

これだけ熱心に勧誘されて、リスティはどう考えているのだろう。

「えっと……ごめんなさい、ちょっとこれから彼と話があるの」

「「ええっ……!?」」

今度は俺に注目が集まる――こいつは誰だ、さっき見たぞ、魔法職の新人か、とギルド内が色めき立つ。

「それと、他のパーティに入るつもりはないわ。何とかやっていけてるから」

「そうか……正直無念さを禁じ得ないが、もし困ったことがあったらいつでも僕に相談するといい」

「いや、相談相手も間に合っているのでな」

「何だって……!?　相談したのか、僕以外の奴《やつ》に……！」

勧誘してきた中でもよほど自信があったらしい、金髪の剣士がショックを受けている。

そして俺の存在に気づいて見てくるが――なぜか、鼻で笑われた。

「フン……このフォーチュンで最強の僕・ブランド＝シュヴァイクよりも、頼りになる相談相手などそうそういるわけがない。予言しよう、君たちは近いうちに僕に頼ることになる」

「はぁ……」

リスティの気のない返事にも動じず、ブランドと名乗った剣士はギルドから出ていく。

そのパーティはやたらと筋骨隆々とした老人と、メイド服の女性という変わった構成だった。

「（リスティさんとプラチナさんが目立ってしまうので、そっと退散しましょう）」

ナナセが背伸びをして耳打ちしてくる――相変わらず距離が近い。

「くっ……俺もあんなクールな女の子にそっと耳元で囁《ささや》かれたい……！」

「あの子、ポーションとか作ってるらしいぜ……そんな知的なところもいいよな」

そしてナナセは自分が注目されていないと思っているようだが、どうもリスティやプラチナとは別の層に人気があるようだった。

◆◇◆

ギルドを出たあと、リスティたちと一緒に食事を摂《と》ることになった。

歓楽都市フォーチュンの飲食店は高級店から大衆食堂まであるが、リスティたちの取っている宿に併設されている酒場を選んだ。そこはまだ暗くならないうちから営業を始めているからだ。

宿の女将《おかみ》が勧めてくれた肉料理を頼んで、それを待つ間に飲み物がテーブルに届けられた。全員が同じ林檎《りんご》のエール酒だ――ほぼジュースのようなものらしい。

この国では酒を飲んでいい年齢に制限はないが、中には未成年は禁止という場所もある。

三人がどれくらい飲めるかは知らないが、弱い酒なら大丈夫――だと思いたい。

「それでは、マイトにお礼と、お疲れ様を兼ねて……乾杯！」

「「乾杯！」」

木製のジョッキをみんなと合わせたあと、試しに喉に流し込んでみる。

「ふぅ……これ、なかなか美味《うま》いな」

「そうでしょ？　私もこの街に来て初めて飲んだんだけど、仕事が終わってから飲むと最高よね」

「冒険者の醍醐味《だいごみ》というものだな」

「お酒ってポーションと同じ要領で作れたりするんですよね。自分で飲んでみたらとんでもないことになりましたが」

「さっき投げたポーションも自分で試してたりするのか？」

「私、まだ『薬師《くすし》』としてのレベルが低いので、作ったものがどういう効果なのか分からなかったりするんですよね。あ、飲んだら危険なものはさすがに分かりますので、そこは大丈夫です」

「お腹《なか》が空《す》くポーションは試さなくて良かったわね、最近あまり食べられてなかったから」

「あの依頼が誤算だったのだ、猫探しの依頼を出しておいて自分で帰ってきたから報酬を払わないなどと……銀貨一枚もあれば岩のように硬いパン以外を買えたのに」

依頼をこなしたり、探索を成功させたり、魔物を倒すなどしないと冒険者は収入がない。ましてこの大きな街だ、新人が定常的に『当たり』の依頼を確保するのは難しいのだろう。

「岩パンも良く噛《か》むと味が出ていいじゃない。私は嫌いじゃないわよ」

「聞きました？　マイト。リスティさんってこんなに美人で高貴な感じがするのに、質素倹約をモットーとしているんですよ」

「っ……高貴って、そんなことないわ。私はただの流れ者の冒険者よ」

「うむ、リスティの言う通り。私はただの白銀の閃光《せんこう》プラチナだ」

「二つ名を名乗る流れじゃないと思うが……リスティとプラチナは元から知り合いで、一緒にこの都市に来たってことか？」

「そういうことになるわね。ナナセはこの街に仕事を探しに来て、私たちと同じ日にギルドで新人登録したの」

「どこかのパーティに入りたいと思っていて、リスティさんたちにお願いしたんです。リスティさんは立派な剣を持ってますし、プラチナさんは盾を持っていて、強そうだなと思ったので。私はレベル2ですけど、二人は3なんですよ。マイトさんはどれくらいなんですか？」

「リスティには言ったけど、俺はレベル1だよ」

「……えっ？」

ナナセが固まってしまったので、ホワイトカードを見せる――「レベル1」という記載を見て、ナナセはぱちぱちと瞬《まばた》きをしている。

「……『賢者』さんって、レベル1でもめちゃくちゃ強いんですか？」

「マイトが例外だと思うけど……『賢者』なら、他に魔法が使えたりもする？」

「レベル1だからなのか、俺が変わってるのかは分からないけど。実はさっきの箱は、魔法で作った鍵で開けたんだ」

「それは……『解錠《アンロック》』の魔法か。鍵を開けられる職業をパーティに入れていないとき、代わりに使われると聞いたことがある」

鍵の代用として魔法を使う場合、高レベルの魔法職でなければならないと聞いたことがある。『盗賊』から『賢者』に転職した場合は、レベル1から使える――ということで、魔力を鍵に変えられるのだろうか。

「私は十八で、リスティは十五。ナナセは十四歳なのだが、マイト殿は幾つなのだ？」

「俺は……十五歳、ってことになるのか」

「ホワイトカードの情報は誤魔化せないから。マイト……本当に同い年なのね」

「私より年上なんですね……なんとなくマイトさんって呼んでいましたけど、そのままで良さそうですね」

リスティも箱を開けた時に「マイトさん」と言ってた気がするが――あれは箱の中身に驚いたからだろう。基本は「マイト」と呼び捨てらしい。

「あなたみたいに強い人が同年代にいると、凄《すご》く励みになるわ。これからも街で会うことがあるだろうけど、挨拶くらいはさせてね」

「ああ、こちらこそよろしく」

この街をしばらく拠点とするつもりなので、知り合いはいるに越したことはない。

話していうちに料理が運ばれてくる——熱した鉄板の上で、肉がジュウジュウと音を立てている。見るからに、ここの酒場の料理人は腕がいいことが分かる。

「本当にいいんですか？　こんなに贅沢《ぜいたく》して……お肉なんて食べたら、私駄目になっちゃいそうです」

「今は駄目になっても良いが、しかるべきときはしっかりすれば良いのだ」

「しっかり食べて備えましょう。次は正式な依頼で良いのがあるといいけど」

「そうだな。何かいいのがあったら、俺もひと口乗せてくれ」

久しぶりの肉をナイフで切り、口に運ぶ。

エルフのシェスカさんは肉料理を食べなかったが、菜食でも美味い料理を食べられる場所に立ち寄ったときは、パーティ揃って食事をした。

そしてファリナとエンジュ。三人は今頃何をしているのか——どこにいるのか。リスティたち三人の姿を見ていると、かつての仲間たちのことを思わずにはいられなかった。

2　夜の騒動

夕刻を過ぎると、酒場にやってくる客も増えてだいぶ賑《にぎ》やかになってきた。

俺たちのテーブルはやんごとなき身分らしいリスティ、一見すると質実剛健に見えるプラチナ、そして知的な薬師のナナセ――と、騒がしくなりそうもない面々だと最初は思ったのだが。

「……それでね、仕事を紹介するって言われて、冒険者のお仕事だと思ったら、綺麗《きれい》なドレスを渡されたの。私は冒険者で、綺麗な服を着たいわけじゃなかったから断って……ねえ、聞いてる？」

「あ、ああ……聞いてるよ。リスティの選択は正しかったんじゃないか」

「私もそう思う。給金は冒険者の依頼よりもずっと良いのだが、冒険者は冒険を生業《なりわい》にしなくてはな」

先程から、この街に来たばかりの頃の苦労話を聞かされている。というか、リスティは飲んでいるうちにだんだんクダを巻いている感じになってきていた。

そういった女性の対応は身についている。ただ話を聞いて相槌《あいづち》を打つ、それに限る。

「ちなみにそのお仕事に誘ってきた人は、私のことが見えてなかったみたいなんですよね。二人がするのなら私もするつもりでしたよ、苦労は三人で分かち合うって誓っ……ひっく。誓ったので」

「あ、ああ。大変だったな……」

ここは歓楽都市と言われるだけあってさまざまな娯楽を提供する店があり、外からの客が多く訪れる。

住人の多くも、夜な夜な『不夜街』と言われる区域にやってきて癒《いや》しを求める。他のテーブルでも、男たちが歓楽街に繰り出そうと盛り上がっていた。

「チッ、男一人に女三人たあ見せつけやがって……羨《うらや》ましけしからん」

「リスティちゃんとプラチナさんは、新人冒険者のアイドルだぞ……あの若造、何を落ち着いていやがる……！」

「俺たちのほうが一回り年上だが、プラチナ『さん』と呼びたくなる貫禄《かんろく》があるよな……特にあの……」

「や、やめろ！　口には出さずに、胸に淡い憧れを抱き続けろ！」

男たちが何やら騒いでいるが、気持ちは分からなくもない。酒場に来る前に、鎧《よろい》を脱いで私服に着替えてきたプラチナは、思わず言葉を失うほどの色香をまとっていた。

（酒が入ってるからか、艶っぽさが……賢者なのに落ち着きをなくしてないか、俺）

「んん？　マイト、さっきから飲んでいないな。甘いお酒は口に合わないか？」

「あっ……プラチナさん、あまり急に動いたら危ないです、こぼれます」

「大丈夫だ、私は酔ってなどいないからな。そんな粗相はしない」

「どう見ても顔が真っ赤なんだが……もしかして、酒はまだ早かったか？　いつも飲んで

ないんじゃないのか」

　指摘すると、三人が顔を見合わせる。どうやらバレていないと思っていたようだ。

「そ、そんなことないわ。もう大人だもの、お酒くらい日頃から嗜《たしな》んでいるわよ」

「あ、すみません。水をお願いできますか」

「はーい、お兄さん……じゃない、まだ少年って感じね。この子たちのパーティに入ったの？」

「いえ、ちょっと縁があったというか。少し手伝いをしただけです」

　髪をバンダナでまとめた気風《きっぷ》の良さそうな女性店員は、好奇心をそそられるという顔で俺たちを見るが、三人の赤い顔を見て察してくれたのか、すぐに水を持ってきてくれた。

「……ん？　どうした、じっと見て」

「う、ううん。何でもないわよ」

「……ちょっと縁があっただけでこんなふうにしたりしないですよ」

「そうだな、酒を飲む相手は信頼できる人物がいい。マイトのようにな」

「っ……な、なんか無害って言われてるみたいだな。実際無害だけど」

「あの野郎……その気になれば『害』になっちまいかねないオーラを出してやがる」

「悔しいっ、俺もあんな落ち着いた少年だったら……！」

「僕が先に好きだったのに……！」

悶《もだ》え苦しんでいる男性冒険者たちに対して申し訳なくなるが、『落ち着いた少年』というのはどうなのだろう。それだけでこの三人と上手《うま》くやれるとは思えない——というのも、三人に対して失礼か。

◆◇◆

結局、案じていた通りになってしまった——水を頼んだ時点で、追加のオーダーを止めることはできたのだが。

「……んん……私は……決して屈しない……スライムなどに……」

一番酒に強そうだったプラチナが潰れてしまい、テーブルに突っ伏して寝始めてしまったので、彼女たちが取っている宿の部屋まで運ぶことになった。

「マイト、魔法職なのに力があるのね……そんなに軽々とプラチナを運んじゃうなんて」

「まあ、鍛えてたからな……これくらいはお安いご用だ」

「あの、怒らないで聞いてほしいんですけど、その担《かつ》ぎかたって人さらいみたいじゃないですか？」

「っ……そ、そうか？　普通に担いでるつもりなんだけどな」

姫様でも抱き上げるような感じで運ぶのもなんだし、背負うのは諸事情によってできないので、荷物袋でも担ぐような要領で運んでいる。

だが、盗賊のときの癖が出てしまっているといえばそうだった。宝箱を肩に担いで迷宮から脱出したことを思い出す——後ろから来る魔物の群れを、エンジュが魔導術で牽制《けんせい》してくれていた。なんとも懐かしい思い出だ。

「それで、部屋はどこなんだ？」

いったん酒場の外に出てから階段を上がり、宿の二階にやってきた。宿といっても長期にわたって部屋を借りる人が多いため、集合住宅のようなものだ。

「その三つ目の部屋……だけど……」

リスティが全て言い終える前に、異変に気づく——その『三つ目の部屋』のドアが開いている。

留守中の冒険者の部屋に、無断で出入りする者がいる。それが意味することは一つしかない。

「ど、泥棒、泥棒ですっ！」

報酬などを狙って、冒険者の留守を狙う泥棒——おそらくそういった手合いだ。

「二人とも、悪いがプラチナを頼む！」

「マイト……ッ！」

プラチナを下ろして、三つ目の部屋に駆け込む。部屋の奥の窓が開いていて、ベランダに人影が見えた。

賊はすぐにベランダから飛び降りる。俺はその後に続くが、相手は盗賊の特技を使っていて、賊の姿はすぐに宵闇に紛れてしまう。

しかしいくら暗くても、相手を見失わない方法はある。それは単に一定の距離以上に離れないことだ。

相手はなかなかの俊足だが、あくまでもこのレベル帯の街においての話だ。死角に入りつつ、賊を見失わないように追っていく——集中すると相手の動きが遅く見えるので、全く難しいことではなかった。

◆◇◆

賊が向かった先は、都市の城壁外だった。正門以外にも警備が薄い場所があって、そこを抜けると森に入り、しばらく進むと小屋が見えてきた。

小屋の扉からは明かりが漏れている。周りに罠《わな》も仕掛けられていたが、転職前は自分が仕掛ける側だったのでこの程度なら引っ掛かりはしない——どころか、少し細工をしてやることもできる。

「——全く冒険者ってやつはチョロいもんだな」

小屋の中から男の声が聞こえる——外壁の通気孔に耳を近づけると、さらに話し声が聞こえてきた。

「俺が目をつけた通りだったろ？　あいつらは金目のものを持ってるってよ」

「あのリスティとかいう娘が持ってる剣、見るからに値打ちものでやすからね」

「パラディンとか名乗ってる女の武具もいい。おう、盗《と》ってこれたじゃねえか」

「冒険から一回戻ってきたらしくて、無造作に置いてありやした」

ゴトン、と重量感のある音が聞こえる——革袋に入れて盗んできたプラチナの武具を出したのだろう。

「明日、商人に紛れて運び屋が来る。外でさばかねえと足がつくからな」

「そっちには何が入ってるんだ？　なかなかいい造りの箱だな」

「へえ、これがリスティって娘の持ち物だと思いまさあ」

「ちょっと貸してみろ……くそ、鍵がかかってるじゃねえか。ロックピックあるか？」

「出てくるもの次第じゃ、面白いことになるかもしれねえぞ」

——この辺りが潮時か。

俺は小窓に向けて手を伸ばす。そして、室内のランタンの灯《あか》りに向けて思い切りコインを弾《はじ》いた。

「っ……な、何だ⁉」

「敵襲っ……くそ、守備隊《ガード》に気づかれたか……！」

「そのほうが良かったか？」

ランタンを弾き飛ばして消したあと、真っ暗になった小屋に入り込んだ。

三人の中でも主導権を持っているらしい一人の後ろに回り、手刀を首に突きつける。

「ど、どこから……小屋の鍵は、閉まって……」

「蹴破っても良かったんだが、鍵を開けて入らせてもらった」

「て、てめえも盗賊か……！」

「上等だ、無事で帰れると思うなよ！」

三人に気づかれずに倒すこともできたが、そうしなかったのはなぜか。今後もリスティたちが盗賊に狙われないようにするには、やっておかなければならないことがあるからだ。

3　盗賊ギルド

賊は三人。ほとんど暗闇になった小屋の中でも、『夜眼《よめ》』の特技を習得していれば連携が取れる。

賊のうち背の高い一人がそれを習得していて、俺が手刀を突きつけている男から何かの合図を受けたようだった。

「──お前ら、息を止めてろ！」

盗賊が逃走のときによく使う『煙玉』は、煙を発生させて目眩《めくら》ましをするだけでなく、刺激物を混ぜることで行動を阻害する効果がある。

「っ……おい、ずらかるぞ！」

「へ、へいっ！」

「畜生、覚えてやがれ……っ！」

煙玉が効を奏した──そう思った盗賊たちが、声をかけあって小屋から飛び出していく。

「待てっ！」

声を張ると三人のうち一人が投具を投げてきたが、煙の中で回避する。負傷はしていないが、肩を押さえて小屋から走り出る──三人が視認できる程度の速さで。

「へへっ……調子に乗って乗り込んできたわりには、大したことねえな……！」

「追いつけるもんならこっちに来てみなせえ！」

「こっちに来い、間抜……けがぁぁぁあっ!?」

三人のうち一人が、俺を挑発しようとした瞬間に、罠にかかって木に吊《つ》るし上げられる
――さっきここに来る時に罠の位置をずらしておいたが、見事にハマったようだ。

「うぉおおっ……!?」

「ぬわぁぁぁっ……!?」

次々に罠に引っかかる賊――足を縛り上げられ、逆さ吊りになった二人は、先に引っか
かってブラブラと揺れている仲間を見て愕然《がくぜん》とする。

「こういう罠は、発見されると逆に利用されることがある。俺を挑発して罠に嵌《は》めるって
発想までは悪くなかったが、詰めが甘かったな」

「ち、畜生……ここから下ろしやがれ！」

「その盗賊の腕、カタギとは言わせねえぞ！」

「あ、兄貴……まさかメイベルの姐御《あねご》が、オイラたちのことに気づいたんでやすか
……？」

メイベル――その名前には覚えがあった。忘れようにも忘れられない。

盗賊ギルドの元締めであり、俺を育てた女盗賊。

「その名前を出すんじゃねえ、姐御の耳に入ったら俺たちは……」

「も、もう駄目だ……終わりだ、何もかも……」

「いや、盗んだ物を返せばそれでいい。メイベルの名前を出してくれたのは、俺としてもありがたかった。今回のことに彼女が関わってないのは分かったからな」

「「……へ？」」

絶望しきった顔をしていた男たちの目に光が戻ってくる。調子のいいことだが、もちろん同じことを繰り返させるわけにはいかない。

「次に盗みに入った時はただではおかない。当面はこの街にいるからな」

「い、いいのかよ……俺たちを逃がしちまって……」

「逃がすんじゃない。これからはいつでも俺が見てると思え。盗品は今夜中に返しておくこと。いいな？」

「こ、今夜中……コッソリやっても捕まっちまいまさぁ」

「ま、待て、余計なことを言うな……やらねえと俺たちの命が……っ」

大袈裟《おおげさ》に捉えられているが、それくらいでないと抑止力にならないので触れずにおく。

「それと、もう一つ。教えてもらいたいことがある」

俺の顔を見ながら、三人が息を呑《の》む。

それは彼らにとっては簡単に喋《しゃべ》れないようなことだと分かっていたが、この状況で聞き出すことは難しくなかった。

◆◇◆

定期的に拠点を移動する盗賊ギルドの現在地。今は都市の城郭内側にあり、開発の途中で放棄された地下水路がそのまま利用されていた。

数ある井戸のうち一つの底が入り口になっており、一応見張りもいたが、交代の時間に隙を突いて侵入することができた。

釣瓶《つるべ》のロープを利用して井戸の底に下りると扉があり、鍵がかけられている。合鍵なしでは盗賊でも解錠に時間を要するようなものだが、それでも俺が作り出す鍵はものともしなかった。

地下水路に入ると、あとは迷うことはなかった。時折明かりがついた場所があり、ベッドを置いて寝ている人物もいたが、明かりが届かない場所を進めば気づかれない。

誰にも気づかれないまま、目的の部屋を見つける。『在室中』と書かれた札がかけられていて、扉には鍵がかかっていた。

(この鍵も、昔だったら合鍵なしじゃ開けられなかったが……これじゃ賢者じゃなくて『鍵者《けんじゃ》』じゃないか)

魔力で作り出した鍵を差し入れ、音を立てないように扉を開ける。

――まず感じたのは、ドアの外とは空気が違うということ。放棄された地下水路とはいえカビ臭さなどは感じなかったが、この部屋は甘い香気で満ちている。

ギルド長であると同時に、女性の部屋ということか。メイベルは貴重な香水の類を集めていたし、水不足でもなければ毎日入浴したいと言っていた。

（この香りはそのせいか……ん……？）

「ふぅ……お湯を沸かす魔道具が手に入って良かったわ。こんな稼業《かぎょう》だから、上の浴場にはなかなか行けないし」

声が聞こえてくる――俺に話しかけているんじゃない、独り言だ。

そして彼女は驚くほど無造作に、タオルで髪を拭きながらこちらに出てきた。施錠《せじょう》していて誰も入ってこない前提なのだから仕方がない。

「……侵入者か……！」

「っ……待っ……」

問答無用ということか、メイベルがいつでも手の届く所に置いているのだろう、ダガーを手に取って瞬時に間を詰めてくる。

しかし繰り出したダガーは空を切る。ここで『武器奪取』を使えればいいが、今の俺には使えない。

できるのは単純な組み付き。しかし力任せにはしたくない――彼女が俺のことに気づいてくれれば、話はできる。

「大人しくしな、この……っ！」

振り向きざまにメイベルが身体《からだ》に巻いていたタオルが飛び、視界が遮られる。同時に回し蹴り――容赦なく重ねられる連撃を、俺は避《よ》けずに腕で受けた。

「……メイベル、俺だ。『クロウ』だ」

「……っ!?」

盗賊ギルドで使っていた隠し名を名乗ったところで、今の姿で信じてもらうのは難しいと分かっていた。

「あんた……そんな、その姿は……」

「ゆえあって、若返ったというか……信用してくれっていうのは、難しいかもしれないが」

「……いや。その目を見れば分かるよ、あたしの『弟』なんだから」

メイベルはそれ以上攻撃しては来なかった。俺をじっと見たままで立ち尽くし――俺が差し出したタオルで、自分の身体を隠す。

「ギルド長の部屋に無断で入るような男に育てたつもりは、なかったんだけどね」

「すまない。俺はあんたの所を一度離れた人間だ。あんたと話すには、こうするしかなかった」

「はぁ……本当はもっと辛辣なことでも言いたいんだけどね。あんたがそんな姿で戻ってきたんじゃ、怒る以前の問題だよ」

メイベルはタオルを身体に巻き直す。その間は俺も横を向いていた――すると、メイベルが笑っている気配がする。

「なんだい、そんな魔法使いみたいな格好しちゃって。そういやあんた、魔法に憧れてるって言ってたこともあったけど……」

「ああ……驚くかもしれないけど、今の俺は『盗賊』じゃない。『賢者』になれたんだ」

「……えっ？」

生まれながらに決まっている職業は、どんなことがあっても変えられない。そんな常識外れのことを言っても、すぐに理解が得られるわけもなく――そんな反応をされるのは無理もない。

転職などという奇跡を起こすには、女神の力でも借りなければならない。メイベルも、その結論に至ったようだった。

「……まさか、あんた……本当に、女神の神託通りに、魔竜を……」

「ああ。ここを出たのは、十年前か……おやっさんの後を継いで、ギルド長になったんだな。メイベル姉さん」

「ちょうど十年前だよ。あんたより、あたしのほうがよく覚えてる。あの日のことはね」

俺はここにいた頃の姿に戻っていて、メイベル——昔は姉さんと呼んでいたので、もとに戻す——は大人になっている。

「今さら、盗賊ギルドに戻りたいってわけでもないんだろうし。話くらいなら聞かないでもないけどね……着替えるから、そこで待ってなよ」

「ご、ごめん。こんな時に忍び込んだりして」

「……ほんとならもっといい大人になってるはずなのに、ここを出ていった時のままだし、怒るより驚きのほうが上っていうかね。若返りの秘薬みたいなお宝でも見つけたの？　なんて、そんなことじゃないんだろうけど」

メイベルはいったん別室で着替えてくるようだ。ひとまず話ができそうだということで、安堵《あんど》の息をつく。

ここを出た時のことを考えれば、問答無用で追い出されることも覚悟していた。盗賊ギルドの一員として期待されていたのに、冒険者になるために出ていったのだから。

積もる話はあるが、まず話すべきことは、盗賊ギルドの規律を外れて盗みを働く者が出やりたい。

ないように、対策を打つこと。リスティたちの所持品がまた狙われては困る——リスティとプラチナは素性を隠しているのだから、所持品から身元を知られるようなことは防いでやりたい。

4　再会／初日の終わり

別室から出てきたメイベル姉さんは、ソフトレザーアーマーにレギンスといった出で立《いでた》ちだった。肩当てはつけていないので完全武装ではないが、ギルド長としての風格が出ている。

「ん？　ああ、気にしないでいいよ。こういう格好じゃないと締まらないしねえ」

「こんな時間にやってきて今さらなんだけど、急にごめん」

「急ぎの用でもあったのかい？　うちのギルド員と揉《も》めでもしたとか」

「揉めたというか、知り合いが盗みに入られた。もう捕まえて盗んだ物も返させたけど、今後もこういうことが起こると……」

話している途中で、メイベル姉さんは事情を察したように、頬杖《ほおづえ》をついてため息をつく。

「こんな職業だと、どうしてもね……なんて言ってられないか。うちの名を汚した奴《やつ》らは、粛清しないと」

「いや、そこまでは……ただ、せっかく『盗賊』なんだったら、別のことで稼いでもらえないかと思って。今後も俺の知り合いが狙われるようなことがあったら、もっとキツイ灸《きゅう》を据えなきゃならなくなる」

「……ふぅん。それって、マイトのいい人？」

「いい人って……あ、ああ。そういうことは全然なくて、まだ会ったばかりだよ」

「本当に？　……なんて、あんたが帰ってきたらさすがに数日で情報は入るだろうしね。でも、その姿じゃギルドの古株でも気づかないか」

「……『ガゼル』や『エルク』は？」

「二人なら三年前に幹部になったよ。今はフォーチュンを出て、密偵の依頼を遂行中。詳しくは話せないけどね」

外部からの依頼内容によっては、幹部クラスが直々に動くことを要求されることもある。例えばそれは、権力者からの依頼だ。

「……気になるって顔してるね。あんたとは一緒に腕を磨いた仲だし、無理もないか」

「首を突っ込むことじゃないのは分かってる。そこは弁《わきま》えてるよ」

「あたしはマイトが手伝ってくれるなら、それでもいいと思ってるけどね。今のあんたは『盗賊』じゃない……それでもここに入って来れた。やっぱりあんたは、一度は職業を極めたんだ」

「極めたのかどうかは分からない。ただ、限界には達していたみたいだ」

「限界……それは『盗賊』って職業の限界ってことかい？　あたしも言ってみたいね、限界までいったってさ。まだ難しい仕事をするとレベルが上がるんだよ、もういい歳《とし》なのにねえ」

メイベルは照れながら言う。レベルが上がることは恥ずかしいことでも何でもないし、年齢も成長限界に達するには早いだろう。

「マイトは賢者になる前……ああ、それも詮索になっちゃうか。さっきの動きを見る限り、あんたは今のあたしより強い。魔法職なのに身体能力が盗賊より上なんて、反則もいいとこだね」

「職業を変えても、維持される部分はあるみたいだ。俺も知らなかったんだが……能力がレベル1相応だったら、メイベルには会いに来られなかったよ」

「まあ、見張りに捕まってるだろうね。でも、どうやってあたしの部屋の扉を開けたの？　結構凝った鍵にしてあるはずなのに」

「壊したりはしてない。賢者になったら魔法で開けられるようになったんだ」

「へえ……賢者って、いろんな魔法が使える職業ってイメージだけど。炎とか氷を出したり、回復したりは？」

「そういうのは、今のところ全くできない。ただ、昔の俺と違って魔力があるだろ」

「あ……」

俺は自分に親指を向け、笑って言う――だが、メイベルの表情は目に見えて翳《かげ》る。

「……悪いね、マイト。あんたは魔力がないことを悩んでたのに、あたしはそんなことも忘れちまって……我ながら薄情で嫌になるね」

「そんなことはないよ。こうして話せてるだけで、俺は感謝すべきだ。破門された人間なんだから」

「あれは売り言葉に買い言葉だよ。なんて、ギルドを仕切る人間が言うことじゃないか」

メイベルは立ち上がる。そして、俺の目の前までやってくると、何を思ったのか――頬にそっと触れてきた。

「……メイベル姉さん？」

「……戻ってくると思わなかった。旅の途中で死んじゃってたらそれも仕方ないって思ってたけど、マイトは諦めなかったんだね」

「仲間に恵まれたんだ。俺一人だったらどこかで足止めを食らって、そこから進めなかったと思う」

「その仲間は、もう解散したのかい？」

「解散は……してない。けど、そういうことなんだろうな」

魔竜を倒すという目的を達した今、三人にはそれぞれするべきことがある。

再びパーティを組むことはない。現実的に考えればそういうことだが、まだ自分の中で実感が湧いていなかった。

「生きてるんだったら、また会うこともあるさ。そろそろ話を戻さないとね……とりあえず、うちのギルド員には引き締めをかけとくよ。都市の守備隊《ガード》に知れるとうちに罰則が来るからね」

「ありがとう。俺にも何かできることがあったら、声をかけてくれ。礼っていうわけじゃないが」

「ああ、せっかく賢者になったっていうなら働いてもらうよ。賢者様に盗賊ギルドの手伝いをしてもらうなんて、恐れ多いけどね」

冗談めかして言いながら、メイベルは俺から離れる。

これで、ここでの用事は済んだ――しかし、部屋を出る前に。

（……また錠前《ロック》が見える……ようになった。最初からは見えてなかったよな）

「……ん、怒った？　そんなに真面目な顔して」

「い、いや……何でもない。まだ賢者になって浅いから、色々慣れてないんだ」

「ふーん……ああ、そうだ。魔法の勉強なら、本を読むのがいいんじゃない？　歓楽都市とはいえ、魔術書を売ってるところなんかもあるしね。魔法ギルドは立場上お勧めしないけど」

「そうか、本っていう手があったか。助かったよ、メイベル姉さん」

「……マイト、見た目の歳は違うけど、中身は大人なんだから……っていうのは、気にしなくてもいいか。あたしの中では、マイトの印象は変わらないしね」

それは成長してないっていうことか——と軽口を言いかけた、まさにその時だった。

（——ッ⁉）

メイベルの胸の前に見えていた錠前が、光の粒になって霧散する。

俺は何もしていない——鍵を出してはいない。錠前が消えたのは別の要因だ。

魔力で生成した鍵で開いたわけではなかった。それなら、何が条件なのか。

「……上の連絡所を教えておくから。次からは、そこに言伝《ことづて》をしてくれれば、あたしに届くからね」

「あ、ああ。そうさせてもらうよ」

「夜中に来てもいいけど、一応……さっきみたいなこともあるからね。気をつけなよ、今回は許してあげるけど」

メイベルはそう言って、俺が入ってきたのとは違う扉を開けてくれる――別の出入り口に通じているのだろう。

「ああ、そうだ。今のマイトなら入ったことあるかもしれないけど、うちで出資して裏街に店を出しててね。遊びに来てくれたらサービスしてあげる」

それは――リスティが勧誘されたような店だろうか。実情がどんな店なのかは気になるが、いそいそと顔を出すのも何なので、機会があればということになるだろう。

再び地下水路に出て、しばらく進むと登れる場所が見つかる。盗賊の特技がなければ登《と》攀《はん》できないような場所だが、岩の隙間に指をかけてするすると登っていった。

◆◇◆

宿に戻ってくると、リスティが扉の前に座っていた。剣を胸に抱いて、寝ずの番をしようとしていたようだが――これはまずい、寝落ちしている。

「リスティ」

「ん……んん。すぅ……すぅ……」

声をかけると反応はあるが、睡魔に勝てない状態らしい。申し訳なく思いつつ、もう一度声をかける。

「盗まれたものは戻ってきたか？」

「……指輪……大事な……プラチナのも……ありがとう……」

「そうか……良かったな。ここで寝ると風邪引くぞ」

「…………」

反応がない。よほど疲れていたのだろうし、慣れない酒を飲んでいたということもある。

このままにしておけないがどうするか――というところで、ドアが開いた。中からプラチナが顔を見せる。

「っ……リ、リスティ、眠っているのか？　私としたことが、酒に飲まれてしまうとは……面目ない」

「色々あったが、とりあえず問題は解決した。リスティをベッドに運んでもいいか？」

「う、うむ……」

座ったまま寝ているリスティを運ぶには、そのまま抱き上げる方法がやりやすい――プラチナを運ぶときは、人さらいみたいな運び方と言われたということもある。

ナナセはベッドに入っていて、静かに寝息を立てている。あまり室内を見ないようにして、プラチナの指示でリスティをベッドに寝かせ、部屋を出る。

「……もう、行くのか？」

「こんな夜更《よふ》けだしな。今からでも飛び込みで入れそうな宿を探してみる」

「っ……もし見つからなかったらどうするのだ、恩人を放っておくわけには……」

「大丈夫、何とでもなるよ。じゃあ、またどこかで」

プラチナと別れ、階段を降りる。足音が聞こえて振り返ると、プラチナが俺を見ていた。

「……ありがとう。この恩義は、必ず……」

気にしなくていいと言う代わりに、俺は軽く手を上げる。そして、深夜まで新規客を受け入れている宿を探して、まだところどころに明かりが残る市街を歩き始めた。

5　錠前と絆

マイトと会ったあと、メイベルはすぐに休む気になれずに、何度目かのため息をついていた。

「……はぁ」

冒険者になるために、この盗賊ギルドを出て行くと言ったマイトと、今のマイトは、年齢だけならば変わらない姿をしていた。

魔竜を倒したと聞いても、メイベルには現実感がない。王国から出された『魔竜討伐のための冒険者招集』についても、この辺りのレベル帯では志願者が出ることはなかったからだ。

「……そんな話になれば、この辺りの街でも伝わってきそうなのに。本当に魔竜を討伐したんだったら……マイト、あんたは……」

紛れもない、世界を救った英雄。その彼がレベル1に戻ったことには、よほどの事情があるのだろうと察することはできる。

『転職』は、神の力がなければ果たされないほどの奇跡。それが現実に起きて、魔力のなかったマイトが魔力を手に入れている。その事実は、魔竜討伐の報酬として女神の恩寵《おんちょう》が与えられたのだと思うには十分なものだった。

「……でも、絶対に『レベル1』そのものなんかじゃない。あんたはやっぱり、英雄なんだね……」

思わず口にせずにはいられない。他の誰にも相談することができないような、そんな思いがメイベルの胸にある。

マイトの頬に触れたのは、昔のままの姿で戻ってきたマイトを見ているうちに、悪戯《いたずら》心《ごころ》が疼《うず》いたからだった。

そんなことをしたからなのか、それとも別の理由なのか。メイベルはマイトと話しているうちに、今までの自分とは何かが変わってしまったように感じていた。

「……本当は、あたしはあんたを許さないくらいの気持ちだったのに。こんなに簡単に絆《ほだ》されるなんて……」

マイトが盗賊ギルドを離れた時に閉ざしたはずの感情が、もう一度開かれた。突拍子もない考えだと思いながら、メイベルは自分の胸に触れ、息を落ち着けようと努める。

『ギルド長、下部のギルド員が三人、報告があるそうです』

「っ……あ、ああ。何だい、そのままで話しな」

ドアの外から聞こえてきた声に、メイベルは硬質な声で応じる。マイトのことを考えている今の状態で、部下に顔を見せる気にはなれなかったからだ。

『なんでも、盗みをやっちまったらしく……守備隊にはバレてないらしいですが、ギルド長に謝罪したいとのことで。どうします？　しばらく懲罰房にぶち込んどきますか』

「ああ、いいよ……その話なら把握してる。もう悪さしないだろうから、直属の上役の指示を聞いて動けって言っときな」

『わ、わかりました。さすがですねギルド長、さっき起きたばかりの件まで関知してらっしゃるとは』

「世辞はいいよ。用が済んだのなら行きな」

ドアの向こうにいたギルド員が離れていく。それを確認した後で、メイベルは机の上にある小さな鏡を見た。

「……なんて顔してんだか、あたしは」

マイトがいなくなってからも身体《からだ》の熱が冷めないようで、頬が紅潮している。盗賊の特技『冷静沈着』でも抑制することのできない感情がある――メイベルはそれについて考えることを避け、眠れない夜を執務に費やすことにして机の前に座った。

◆◇◆

翌日――俺はギルドにいて、掲示板を見ていた。

やはりレベル1の冒険者はパーティへの参加募集がない。そして、依頼についてはパーティの人数が条件になっていて、単独で受けられるものは報酬が安い。そうなるとフリーで魔物を倒すなり、魔術書を探すなりしたほうがいいか。

「おう、今日も会ったな。あの娘《こ》たちとは組めなかったか？」

「ああ、こんにちは。まあそういうことになりますね」

「健気《けなげ》だねえ、そういう奴《やつ》は嫌いじゃないぜ」

確かゴッツと言ったか、中年の冒険者が声をかけてくる。昨日は酒を飲んでいたが、今日は仲間と一緒に冒険に出るようだ。

俺が強がりを言ったと受け取られているようだが、事情を説明すると長くなるし、訂正せずにおく。実際、リスティたちと組んでいないのは事実だ。

昨夜は飛び込みで入れる宿を探したが、最初に見つけた宿は近所の店から聞こえる声が大きく、二軒目で比較的静かな宿を見つけたが、銅貨五枚という安さだけあって寝床は相応に硬かった。外套《がいとう》を寝袋代わりにして寝られる俺はさほど気にならなかったが。

リスティたちの宿も一階が酒場ということで遅くまで騒がしそうだが、慣れればどうということもないのだろうか。稼ぎが安定してきたら宿を変えればいいことだし、三人なら無謀な仕事を選ばなければ問題なくやっていけるだろう。

カウンターに行き、賞金がかかっている魔物がいたりしないか聞いてみることにする。今日も同じ受付嬢がいて、俺を見ると微笑《ほほえ》んでくれた。

「おはようございます、マイト様。昨日はお疲れ様でした、デビュー初日から大きな仕事をされましたね」

「俺はリスティ……あの三人のパーティに協力しただけです。通りすがりというか」

「昨日もそう言っていらっしゃいましたが、お三方は今朝からずっと待っていらっしゃいましたよ」

「……え？」

あまり周囲に気を配っていなかった——盗賊なら常時発動する特技で視界が広くなっているのだが、今の俺はそうでもない。

振り返ると、掲示板の前にリスティたち三人がいて、ナナセだけがこちらを見ていた——しかし、慌てて掲示板のほうに向き直る。

「クエストの受注はいつでも承りますので、どうぞ行ってらしてください」

彼女はもう、この先がどうなるのか分かっているみたいに微笑んでいる。そう言われては、俺も今から気づかなかったフリはできない。

「この依頼はどう？　畑に植物の魔物が発生したから、討伐してほしいって」

「うむ……広い範囲に魔物が出るので、人手は多いほうがいいと書かれているな」

「え、えっと……四人以上がいいみたいですね。もう一人、誰か勧誘したとしても、今から来てくれる人ってそんなには……」

「いや、三人ならいくらでも集まると思うけどな」

「「「っ……!?」」」

こういうのは、茶番と言われることもあるのかもしれないが。

——三人が何のためにそうしているかと考えれば、たまには、茶番も悪くない。

「……お、おはよう……マイト。昨日は、その……何て言えばいいのか……」

「非常にかたじけなかったというか……パラディンとして、情けないところを……」

二人とも俺が運んだのを何となく覚えているらしい――そうなると、こちらも照れるものがある。

「あ、あの。昨日はあんなにお世話になって、今日もというのは、都合がいいと思われるのはごもっともなんですけど……っ」

「俺も一人じゃ仕事を受けられないから、困ってたんだ。ちょうど一人足りないなら、俺もついていっていいか」

三人が目を瞬《しばたた》かせる。何か周囲の視線が突き刺さるように感じるが、アイドル的な存在であるところの彼女たちのパーティに加わろうというのだから、多少のことは開き直らなくてはならない。

「……いいの……？」

「ああ。三人を見てると危なっかしい……いや、俺もレベル１じゃ心細いからな」

「う、うむ。いくら強くてもレベル１の賢者なら、やはり私が守ってあげなくてはな！」

「はい、昨日手に入ったスライムで作った新作ポーションも、マイトさんにぜひ効果を見てほしいですし！」

「……そんなにはしゃいだら、私たちがマイトを待ってたみたいじゃない」

受付嬢からすでに教えられているのだが、知らなかった体《てい》でいるのが情けというものだ。

しかし素直に言えば、もう一度誰かとパーティを組むということを、知らず知らず忌避している部分があった。

そんな俺を見て、ファリナたちがどう思うか。自分たちがいなければそんなになるのかと、呆《あき》れられても仕方がない——だから。

「攻撃魔法も、回復魔法も今のところは使えない。それでも邪魔じゃなければ、このパーティで鍵開け担当でもやらせてくれ」

「……それだけだと私たちの早とちりかもしれないから、もっとはっきり言って」

「っ……」

リスティは悪戯な笑顔でこちらを見ている。プラチナもナナセも楽しそうだ。

素直に言うのは照れるものがあるが、パーティを組むというのはそういうものだろう。

「俺をみんなのパーティに入れてくれ。できるだけの働きはする」

「はい、喜んで」

「こちらこそよろしく、マイト」

二人が答えた瞬間だった。

リスティ、プラチナ。それぞれの胸の前に錠前《ロック》が見えて——二つともが、光の粒になって霧散した。

——『ロックアイI』によって発見したロックを一つ解除——

——ロックを解除した相手に対して『封印解除I』使用可能　絆《きずな》上限を解放——

頭の中に降ってくる、その知識が示すことは。

錠前が開いた相手に対して、俺の特技で何らかの干渉ができること——そして、錠前が開く条件は。

「……？　どうしたの、マイト。そんなにじっと見て」

「あ、ああいや、何でもない」

「これで私たちは正式にパーティを組んだということだな。マイトにまたどこかでと言われたときは、しばらく街を出るのかと思ったぞ」

「プラチナさんってば、心配性なんですから。私はギルドに来ればきっとマイトさんに会えるって思ってましたよ」

ナナセはそう言うが、二人と比べると錠前が開くほどは俺に心を開いてない——とか、そういうことになるのだろうか。昨日会ったばかりなので当然といえば当然だが。

「じゃあ……この、四人以上で受けられる依頼でいい？　これから現地にすぐに行くけど」

「ああ、こっちは問題ない」

「わっ、受付のお姉さんが満面の笑みで待ってる……ちょっと恥ずかしいですね」

「何を恥じることがある。冒険者が依頼を受けるときは、常に堂々としていなくては」

カウンターに向かう三人の後についていく――もはやギルドの中は阿鼻叫喚《あびきょうかん》だ。

「あ、あいつ……よりによってこんなところで、正式加入しやがって……！」

「だ、駄目だ駄目だ！　あんな年頃の娘三人と若い男を一緒にしておけるか！」

「女の子が多いパーティだったら、私たちが参加しても大丈夫そうじゃない？」

「お、おい、うちを抜けるとか言わないでくれよ！　この通り、なんでもするから！」

俺が三人の保護者的な立場で加わったと知ったら、多少は落ち着いてもらえるだろうか
――それも無理そうか。

しかし他の冒険者に対する申し訳なさよりも、三人と冒険に出て何が起こるのか。俺の特技は何を起こせるのか。今はそれが楽しみでならなかった。

◆◇◆

ギルドの外に出て歩いていると、前を進むリスティが立ち止まり、振り返る。

「ええと……マイトは今日から、正式に私たちのパーティの一員になったということで。記念にパーティの名前を決めない？」

「名前か……プラチナはそういうセンスがありそうだな」

「ふむ……『白銀の閃光《せんこう》』が属する団なのでな。『閃光の団』というのはどうだろうか」

「それはちょっと恥ずかしいわね……私たちにちなんだ名前にしないと」

「じゃあ……えーと。昨夜、とっても月が綺麗《きれい》だったじゃないですか。ですから、月って言葉を入れてはどうでしょう」

「それはいいかもしれないわね。私たちが出会ったときのことを思い出せそうだし……」

「ま、まあいいんじゃないか？『月の団』でいいのか？」

「ちょっと良くなってきたわね。もう少し何か足りないような……」

「では『月光《ムーンライト》の団』とするか」

「あ、それって良さそうです。でもムーンライトって名乗るの、最初は照れちゃいそうですね」

——パーティの名前なんて、決める必要ないのに。

——ギルドの手続きとして、便宜上必要なのよ。

——魔竜討伐の一行、という名称では駄目なのでしょうか。

ファリナたちと一緒に名付けに頭を悩ませたことを思い出す——結局俺たちのパーティは『聖印の銀剣《ホーリーソード》』という名前になったのだが、それは俺たちがつけたものではない。

「月光の団……か。まだ、名前負けしてるかな」

「ああっ、言ったわね。これからどんどん強くなっていくんだから」

「うむ、私も負けないからな。マイトにおんぶに抱っことなりはしないぞ」

「じゃあ、四人でパーティを組んだ記念に。これ、私の故郷で友達と一緒にするんですけど……」

ナナセが手を差し出す。俺たちはその手の上に自分の手を重ねていく。

「『月光の団』、これからよろしくね」

リスティの言葉に、思わず四人で顔を見合わせ、照れ笑いをしてしまう。

もう一度パーティでの冒険が始まる。またファリナたちに会えるときまでに、俺は再びいっぱしの冒険者にならなくてはいけない――この三人と一緒に。

6 第一のクエスト 野菜畑にて

都市の東門を出てしばらく歩くと、大きな川に差し掛かる。そこに架けられた石橋を渡ってしばらくすると、農村地帯に入った。

「こんなのどかな農村に、本当に魔物が出るんですか？」

「依頼書にはそう書いてあるわね。地図によると、依頼人の畑は、あのあたり一帯みたいだけど……」

「土も瑞々《みずみず》しいし、風も気持ちがいい。ここで採れる野菜は、さぞ美味《うま》いだろうな」

三人は全く身構えていないが――畑に出る植物の魔物というと幾つか考えられるが、このレベル帯だとどんな魔物が出るだろうか。あいにく戦ったことがないので、俺にとっても初めての経験だ。

「植物ってことなら、地面の下から来る可能性もある。そろそろ気をつけて――」

「っ……な、なに……？」

「みんな、気をつけろ！　何かが来るっ……！」

警告したところで、いきなり地面が揺れ始める――そして。

「きゃぁぁぁっ……‼」

「ひぇぇっ……‼」

まさに一瞬の出来事だった。地面が盛り上がったかと思うと、何か蔓《つる》のようなものが飛び出してくる――リスティ、ナナセの足元から。

「こ、こらっ……離しなさい、このっ……！」

蔓に足を搦《から》め捕られ、リスティとナナセが宙吊《ちゅうづ》りにされてしまう。二人ともスカートなので反射的に押さえるが、かなり厳しい体勢だ。

「な、なんだか力が抜けていくんですけど……あ、やばいです、思いっきり吸われてますっ……精気みたいなのが……あぁー……」

「くっ……蔓のくせに何という硬さ。刃《やいば》が通らない……っ！」

（蔓を切断しないと……狙いがつけにくいなら、根本から断つ！）

ダガーでも仕入れてくれれば良かったが、適性のない武器は使いにくい――奇《く》しくも、賢者でも扱うこと自体には問題ない硬貨を武器にしたのは正解だったらしい。

（――そこっ！）

コインを二枚弾《はじ》いて飛ばす。プラチナの剣では刃が途中で止まってしまったが、回転を加えたコインは蔓に命中すると、そのままあっさりと引き千切りながら突き抜けた。

俺がリスティを、プラチナがナナセを受け止める。さらに地中から出てくるかと思ったが、幸いにも追撃はすぐには来なかった。

「これが、植物の魔物なの……？」

「うむ……カブの葉っぱ……ですか？」

「……カブの葉っぱ……ですか？」

「そういうことか……植物の魔物というか、野菜が魔物化してるんだな」

「そ、そんなことがあるの？　魔物化するなんて聞いちゃったら、これから安心して野菜が食べられないじゃない」

リスティが心配そうに言うが、ふだん食卓に上がるような野菜が魔物化することはそうはない。

「……むっ……リ、リスティ」

「え……きゃぁっ……！」

奇襲を受けたということで仕方がない――のだが、リスティのスカートが破れていて、露《あら》わになった肌が見えてしまった。高速で目を逸《そ》らすと、その先にはナナセがいて、やはり服が破れてしまっている。

「な、なんなんですかこれ……カブってエッチな野菜なんですか？」

「そういうわけでもないと思うが……このまま魔物退治とはいかないか。三人とも、ここは俺に……」

三人が凄《すご》く残念そうな顔をしているので、任せてくれとも言えなくなる。なるべくなら全員が経験を積んだほうがいいというのはある——だが、今回の仕事は女性冒険者には厳しい気がする。

「何を言っている、マイト。まだ私はお前の盾になっていないぞ」

「いや、このままじゃプラチナも二人と同じことになるだろう」

「くっ……なんと的確な指摘……！　しかし私は鎧《よろい》が重いので、簡単には吊られないぞ」

「凄い力だったわよ、カブなのに。マイトのコインがなかったら、どうなってたことか……」

「この葉っぱをポーションにしたら、吸われた力も戻ってきそうですね」

「っ……だ、駄目、それは私には飲ませないでね。私の分は別の材料にして」

ナナセのポーションの試飲は俺もやらされるのだろうか——と戦々恐々としていると。

「みなさーん、冒険者の方ですかー！　こちら、依頼人でーす！」

依頼人の農家の娘らしい少女がこちらに走ってくる。仕事に入る前に戦闘になってしまったが、ここは改めて話を聞いたほうが良さそうだ。

◆◇◆

俺たちは少女の家に案内され、依頼人である母親に引き合わされた。

「ようこそお越しくださいました、冒険者の方。このたびギルドに依頼を出させていただきましたアリー・ミラーです」

「娘のマリノ・ミラーです」

ミラー家はこの辺りで代々農家をやっているそうだ。先代、すなわちマリノの祖父母は現在旅行に出ているという。

「申し訳ありません、夫は今街の診療所におりまして……」

「お父さんは最初に魔物に襲われちゃったんです。私を庇《かば》って、地面から出てきた葉っぱに絡みつかれて……」

「やはり女性を狙うのか……なんと破廉恥なカブなのだ」

「カブ……やっぱりあれはカブなのですね。ああ、どうしましょう……」

「アリーさん、心当たりがあったら教えてください。カブが魔物化した経緯について」

「はい……私たちは、大地の恵みに感謝して、毎年地霊を祭ることを続けてきました。ですが、その……しばらくそれを怠ってしまったせいで……」

地霊——大地を豊かにすることもあれば、怒らせてしまうと人間に害をなすこともある。

その正体は場合によって違うが、今回の場合はおそらく地精《ドワーフ》の類だ。

「このままではカブだけでなく、他の農作物も魔物化してしまうでしょう。地霊が原因なら退治してしまうか、交渉する必要があります」

「あ、あの……冒険者さん、地霊さまが怒ってしまったのは、その……私とお母さんが……」

「ふむ……その、地霊を祭る儀式というのか。そういったものを行えない理由があるということだな。良いだろう、私たちが代わりに……」

「本当ですかっ……!?」

マリノがプラチナの手を取る。その目はキラキラと輝いている——そして半分泣きそうになっている。

「……あの、儀式って、どんなものなんですか?」

「それとすごく申し訳ないんですが、服が破れてしまったので、何か着られるものを……自費で買い取らせていただきますので」

「いえ、その必要はありません。こちらで全てご用意いたします、祭礼を手伝っていただけるのであれば」

なぜかアリーさんとマリノは、少し顔を赤くして俺を見る——これはもしかしなくても、男である俺に対して何か気を使うような、そんな祭礼ということか。

「では……祭礼に用いる衣装を合わせますので、こちらにいらしてください。ええと……」

「俺はマイトと言います。ここで待っていたほうがいいですか？」

「は、はい。まず、女性だけ着替えていただきますので……しばらくお待ちくださいね」

リスティたち三人が、ミラー母娘《おやこ》に案内されて別室に向かう。残された俺は、出された茶に口をつけて「うまい」と独り言を言いつつ、何となく落ち着かない気分でいた。

7　地霊の祭壇

リスティたちの着替えには思っていた以上に時間がかかっている。

時折何か揉《も》めるような感じの声が聞こえてきたが、静かになって久しい。

「……あれから全く出ないな」

窓から畑のほうを見ているが、魔物化した野菜が出てきたりはしていない。

女性を優先して狙うのはなぜなのか——その答えを、この農家の母娘は知っていそうなのだが。

「お待たせしました、マイトさん」

「ああ、終わりましたか。三人はどうしました？」

アリーさんに聞いてみると、困ったように頬に手を当てる。代わりに娘のマリノが答えてくれた。

「ちょっとお三方の希望があって、これから祭礼を行う場所に行くまでは、お三方には馬車で移動してもらうことになりました」

「え？」

「申し訳ありません、私どもが御者をいたしますので。マイトさんも御者台に乗っていただけますか？」

「あ、あの……差し出がましい質問なんですが、俺が見ると何か問題が？」

「そ、そそそ、そんなことないですよ？」

「はい、お三方ともにとてもよくお似合いで……」

アリーさんが言い終える前に、声が聞こえてくる——何やら揉めているようだ。

『あっ、い、痛いです、持病のなんやかんやが疼《うず》いてここから一歩も出られそうにありません、ここは私に任せて二人は先に行ってください！』

『お、落ち着くのだ、私もこんな防御力の低い格好をすることになるとは……』

『防御力とか関係ないです……いろんなところの高低差が激しいんです、二人はっ』
『ま、待って、落ち着いてナナセ。私たちはいつも三人一緒って誓ったじゃない、パーティを組むときに。「月光の団」は一蓮托生でしょう？』
『ああっ、それを今持ち出さないでください！　私が薄情みたいじゃないですか！　誰のどこが薄いっていうんですか！』
『な、何の話を……ああっ、ナナセ、衣装を脱いでは……くっ、私も急に恥ずかしさが……！』

俺とミラー家の母娘の間に、気まずい沈黙が流れる。

「……依頼は、キャンセルになりますでしょうか」

アリーさんが泣きそうな顔で聞いてくる。マリノにも同じ顔をされては、俺としてもすぐには返答できかねた。

俺は席を立ち、三人がいる部屋の扉を控えめにノックして聞いてみた。

「……みんな、行けそうか？」

『っ……ま、待って、絶対ドアは開けないで。このまま話をさせて』

『……少し気持ちの落ち着けどころが欲しかっただけなので、大丈夫です。お騒がせしました。というか、聞こえてましたか？』

『私は……そうだな……マイトならば問題ないと思っている。何といっても賢者なのだからな』

なぜか信頼されているが、俺は賢者であっても悟りを開いていたりはしない――と言ったら台無しになりそうなので、何も言えなかった。

◆◇◆

三人はケープを羽織って衣装姿を隠すことになった。それでも恥ずかしそうにしているあたり、どれほどの衣装なのかとつい想像しそうになってしまう。

そんなこんなで馬車に乗り込み、半刻《はんとき》ほどかけて小高い丘の上までやってきた。

馬を繋《つな》いで、俺とアリーさん、マリノの三人は御者台から降りる。リスティたちは客車の中にいるが、ここに来るまで姿は見えていない。

「あそこにあるのが、地霊を祭っている祭壇です」

「なるほど、かなり古いものですね」

「このあたりは作物が育ちにくい荒れ地だったんです。お祖父《じい》ちゃんが若い頃に、領主様からこのあたりを開墾するようにと言われて、頑張って農場を作ったんです」

マリノはそう説明してくれるが、あえて伏せている部分があるというのはひしひしと感じている。

「それで……地霊を祭る儀式っていうのは、何をするんですか？」

「その……マイトさん、これをどうぞ」

俺が渡されたものは、両手で抱えられるくらいの大きさの樽《たる》のようなものと、一枚の羊皮紙だった。

「太鼓……と、楽譜？」

アリーさんは小さなハープを、マリノは笛を取り出す。つまり、これから音楽を演奏するということらしい。俺に与えられた楽譜は簡単なもので、即興でも叩《たた》けなくはなさそうだった。

「音楽を奏《かな》でて、女性たちが祭壇の前で踊る……『祭礼用の衣装』で」

「は、はい……」

申し訳なさそうなアリーさんだが――大人しそうに見えて、彼女もなかなか大胆なことをする。

「……あ、あのっ、お母さんも私も、そんなに派手なのは好きじゃなくて。でもお祖父ちゃんたちが言うには、地霊様はそういう衣装じゃないと喜ばないって……」

『アリーさん、マリノちゃん？』

「「っ……!?」」

客車から声をかけられ、母と娘が全く同じリアクションをする。

『……さっきは、自分たちがまずお手本を見せるって言ってなかった？』

「ああっ……そ、それは……」

「す、すみません、そんなつもりじゃなかったんですっ……！」

『ううん、二人を信用してないわけじゃないのよ。もしかしたら、私たちだけに任せて自分たちは普通の服を着て済ませようとしてるのかなって思っただけ』

「あ、ああ……ああああ……」

リスティの声は穏やかだが、彼女の『気品』がアリーさんたちを思い切り恐縮させる。

「……こんないい年をして、と思わないでくださいね、マイトさん」

「お母さん……私もこうなったら頑張るから……！」

ちゃっかりした母娘だが、着替えは持ってきていたようで、着替えるために客車に入っていった。

俺は着替えなくていいのだろうか――なんてことを思っていると。

『男は余計だけど、まあいいか。さて、楽しませてもらうよ』

――祭壇のほうから、確かに声が聞こえた。姿は見えないが、何者かの気配だけを感じる。

　地精と対面できるかは分からないが、とりあえずは話が進展しているということで——

雑念は捨て、依頼解決のために最善を尽くすとしよう。

8　祭礼の舞曲

　本番前に少し練習をさせてもらい、俺の担当部分も形になってきた——ような気がする。

　ハープを演奏するアリーさんは職業が『吟遊詩人』であり、特技を用いた演奏は場の空気をがらりと変える力を持つ。マリノは『羊飼い』ということで、こちらも笛の演奏が関わる特技を持っている。

「二人とも、演奏で身を立てられるくらい上手《うま》いですね……」

「はい、若い頃は歓楽都市の劇場で演奏をしていましたので」

「お父さんは、お母さんのファンだったんです。お父さんは『農夫』なんですけど、凄《すご》いんですよ。クワを持つと人が変わっちゃうんです」

「『農夫』なら地霊に感謝こそすれ、戦うなんてことはありえないか」

　野菜の魔物に襲われて負傷してしまったのは、その辺りが理由だろう。『農夫』は戦闘向きの特技も持っていて、レベル次第では農具を武器にして大型の魔物を討伐したりもできる。

「私も普段は、牧場で羊を追ってるんです。職業って不思議ですよね、家族でも全然違っていて……」

「両親の才能を受け継いだ職業が、羊飼いだった……ってことか」

「そうなんです、娘も笛が得意なので、一緒に演奏できるのが嬉《うれ》しくて……」

和やかに談笑しながら、馬車のほうに視線を送る。こちらからは見えないように、馬車の向こう側でリスティたちが振り付けの練習をしているのだが——そのリスティが、顔だけ出してこちらを見る。

「あの、アリーさん。練習の仕上げに一度見てもらえますか？」

「はい、拝見させていただきますね」

「じゃあ、合図をくれたらこっちも音を出します。合わせたほうがいいと思うので」

アリーさんとマリノは、衣装に着替えてきてからずっと白い布を羽織っている。リスティたちもそうなのだが、踊りの練習をする時は脱いでいるようだ。

「……見えないと、逆に気になったりします？」

「仕事のために必要なら、どんな衣装でも気にしない。というと、誤魔化してるみたいだな……まあ、気になるといえばなるよ」

「あのお三方のうちの誰かとお付き合いをされてるんですか？」

「い、いや。俺たちは昨日会ったばかりだし……」

大胆に切り込まれて、我ながら圧《お》されている——若い娘は恋愛の話が好きだというが、マリノもそれにあたるようだ。

「それにしては、お三方ともマイトさんのことをとても頼りにしてる感じじゃないですか？」

「昨日一日のうちに色々あったってことだな」

「あー、気になる。マイトさんはいつもそうやって、女の子の関心を惹《ひ》いてるんですね」

「もうすぐあっちから合図があるんじゃないか？」

「あっ……いけない。お話の続きは、無事に儀式が終わった後でお願いしますね」

アリーさんがハープの音を出したのに合わせ、こちらも演奏を始める。横笛を吹くマリノの姿は様になっているが、俺は手打ち太鼓が似合っている気はしない。

しかし音楽というのは、演奏しているうちに乗ってくるものだ。ハープと笛、そして太鼓のみという編成ではあるが、ちゃんと音楽になっている——本番もこの調子で行けばいいが。

◆◇◆

練習を終えたあと、ようやく出てきたリスティたちも白い布を羽織っていた。しかし、足だけは隠れていないので、膝から下は素足が出ている。

「では……始めさせていただきます」

「……このままでも、問題はなかったりしないですか？　その、羽織ってる布を取らなくても……」

真顔で尋ねるリスティだが、アリーさんは首を横に振る。すると冷静を装《よそお》っていただけだったのか、リスティの顔が一気に赤くなった。

「……マイト、こっちをあまり見ないようにしてね」

「こうなっては覚悟を決めるしかあるまい。これからもマイトとはパーティを組んでいくのだから、恥ずかしい姿を見せることにも慣れなくては」

「恥ずかしいところは、見せないに越したことはないと思うんですけど……」

「あんまり恥ずかしい恥ずかしいって言わないで、今にも逃げ出したいくらいなんだから」

「申し訳ありません、ご無理を言って……」

「ここまで来て逃げられると思いましたか？　逃げても百匹の羊が行く手を阻《はば》み、モフモフ攻撃で快適な眠りをもたらしますからね」

脅しでもなんでもないことを言っているマリノだが、リスティは小さくため息をつき、二人と顔を見合わせる。

三人が羽織っていた白い布を外す。プラチナは結構思い切りが良かったが、リスティとナナセはゆっくりで、その焦《じ》れったさが緊張感を生む。

「どうして祭礼の衣装って、色々小さいの……？」

「おそらく例年、暑い時期に行われてきたのだろうな」

困ったように顔を赤らめて言うリスティ。布地の少ない、まさに夜の劇場に出る踊り子のような服装——賢者の俺ですら頭がクラクラとしてくる、とんでもない色香。パーティの仲間をそんな目で見てはいけない、だが全くそうしないのも失礼だと思えてしまう。

「虫除《むしよ》けを持っていて良かったです。こんな格好で蚊に刺されたら、人に見せられないところが赤くなっちゃうかもしれないですし」

ナナセが色々言っていたのも無理はない。リスティは出るところは出ていながら、均整が取れている——そしてプラチナは重い鎧《よろい》や盾を扱えるほど鍛えているにもかかわらず、普通なら鍛錬で減ってしまいそうな部分が減っていない。

――ファリナは毎日鍛錬を欠かさないけど、その分食べてるから胸が減らないのかしら。

――シェスカもエルフなのに胸が大きい。エルフは華奢《きゃしゃ》な人が多いのに。

――自動人形《オートマータ》にも用途によって体型の個体差は存在します。私にはこの大きさが適正なのでしょう。

ナナセはその大きさが適正なので恥ずかしがることはない――などと言ったら、新作ポーションの実験台にされるだろうか。賢く生きるには、時に沈黙も必要だ。

「……マイトさん、今何か考えましたか？」

乙女の勘が今はひたすらに恐ろしい――答えを間違えれば死ぬ、こんな凶兆を感じたのは久しぶりだ。

「い、いや……その、ナナセは恥ずかしがってたけど、かなり……に、似合うな」

「えっ……い、今似合うって言いました？　私も本当はそうなんじゃないかなって思ってたんですよ、この衣装って私のために作られたみたいなところがあるって」

「大変お似合いです、ナナセさん。まるで天使のようです」

「舞い降りちゃってましたか、天使。私の魅力に気づいたことを褒めてあげます」

ナナセはとても調子に乗りやすいらしいが、褒めて伸ばすという方針でいいのだろうか。

「それでは、私たちも……すみません、お見苦しいものをお見せして」

アリーさん、マリノが白い布を外す。二人とも恥ずかしそうにしているが、ナナセが我に返るくらいには、ある部分の高低差が激しかった。

「あっ……そうですよね、大きいほうが迫力っていうか、そういうのもありますし……」

「それぞれの個性というものがあり、それは尊いものだ。マイトもそう言っている」

「……そうなの？　マイト」

「アリーさん、そろそろ始めてもらってもいいですか」

やや強引に話題を変えに行くが、アリーさんは頷《うなず》き、まずハープの音をポロンと奏《かな》でてから、三人での演奏が始まる。

祭壇の周囲でリスティたちが舞う——腰布《パレオ》がふわりと浮き上がり、手などにつけている装飾がシャラシャラと鳴る。

（……空が暗くなり始めた。地霊が祭礼に呼応している……見ているんだ）

祭壇のある丘の周囲だけが、夜になっている。祭壇が光を放ち始め、明かりの中でリスティが、プラチナが、ナナセが舞う。

「地霊よ、その怒りを鎮《しず》め、今一度我らに慈悲を……」

アリーさんが地霊に祈詞《きこと》を捧《ささ》げ始める。これが聞き入れられれば、農地に魔物が出ることはなくなる――しかし。

『――人間たちよ。我が怒りを鎮めたければ、これから一日に五度祭壇にて舞いを捧げよ』

聞こえてきた声は、おそらく地霊のもの。

それは、子供のように幼さのある声だった。

しかしそれゆえの、無邪気な振る舞いとでもいうのか。一日に五度というのは、ミラーさん一家に対する負担があまりに大きくなりすぎる。

「……野菜の魔物化を止めていただけるのなら……一日に五度、こちらに訪れます」

『その三人の娘たちも連れてくるんだ。賑《にぎ》やかでなければ祭礼にならない』

「っ……そんな……」

マリノが絶句する。無理もない、事実上不可能な条件を突きつけられているのだから。

『答えは明日まで待とう。明日の日没までに回答がなければ、祭礼は意味をなさなくなる』

一方的に条件を突きつけると、地霊らしき気配は消え、空が元通りに明るくなる。

「……アリーさん」

「いえ……分かっています。祭礼を怠った私たちの責任ですから。報酬はお支払いします」

「……皆さん、無理を言ってごめんなさい……っ、私、こんなに地霊様が怒ってるなんて思わなくて……みんなで祭礼をしたら、許してくれるって、思って……」

泣きながら謝るマリノを、プラチナが抱きしめる。リスティとナナセの目を見れば分かる——彼女たちもまだ諦めてはいない。

「……こうなったら、地霊に直接会うしかないな」

「っ……い、いえ、そんなことをしたら、地霊様の怒りで何が起こるか……っ」

「もう十分に起きています。そして、出された条件には理不尽なものがある……無理を強《し》いている。理不尽な条件を飲む必要はない」

「で、でも……地霊様に会うなんて、どうやって……」

マリノは不安そうに言うが、アリーさんには心当たりがあるようだった。

俺は祭壇に近づき、装飾のように見えるレリーフの一部を見る。

地霊が祭礼に反応したとき、そこが光って見えた——祭壇に隠された鍵穴。『白の鍵』を使って開けられる場所が。

9　祭壇の仕掛け

「この祭壇には、内部というか……そういうものがあったりしますか?」

「義父が言っていたのは、この祭壇の下は決して掘ってはいけないということでした。地霊様の怒りに触れてはならないと」

つまり、地霊の本体と言っていいのか——そういったものが、この丘の内部にある可能性がある。

「俺たちが毎日ここに通って、祭礼を行うというのは難しい……これは賭けになりますが、この祭壇の表面にある鍵穴……それを開けて、内部に入り、地霊の本体に接触する。そうさせてもらってもいいですか」

「鍵穴……そんなものがあるんですか? 私も長く祭壇を見てきていますが、そんなものはどこにも……」

「祭壇の表面のレリーフに紛れて、隠されていたんです。この部分ですが……」

「……本当にある……これが鍵穴ですか? でも、どこも開きそうにないですよ」

アリーさんとマリノは祭壇に近づこうとしないので、代わりにナナセが鍵穴の存在を確認してくれた。

「ここに合う鍵はアリーさんのお義父《と う》さん……この辺りの土地を拓いた人物が持っていて然《しか》るべきです。ですが、俺はこの鍵に合うものを作ることができます」

「い、いえ。そんな鍵があるとは、聞いたことがありません」

「ということは、内緒にしているのか、初めから鍵がなかったか……いずれにせよ、俺たちは地霊が出してきた条件をそのまま飲むことはできない。リスティたち三人の代わりに踊れる人を連れてくるのも難しいのなら、なんとか直接交渉しないと」

この辺りの土地を豊かにしてきただろう地霊。その祭壇を開くということ自体、アリーさんとマリノにはとても難しい判断だと分かっている。

「……今すぐに答えを出せというのは、難しいと分かっています」

「お願いします」

「十分に考える時間を……え？」

「今日、お三方に衣装を着ていただくだけでも、申し訳ない気持ちでいっぱいでした。近隣の農家の人たちも祭礼に協力してくれていたのですが、その……あの恥ずかしい衣装を着続けるくらいなら、もっと別のことで喜んでいただけないかと、そう強く思ったんです」

恥ずかしい衣装――確かに、もはや紐《ひも》に等しい何かである。それこそ歓楽都市の深夜劇場で踊り子が着るような、肌の露出が多すぎる代物だ。

「……こんな衣装を依頼だからって着てしまった私たちは、恥ずかしい人たちということなの？」

「リスティ、ものは考えようだ。こんな恥ずかしい衣装を着たからこそ、地霊の横暴に物申すという流れになったのだからな」

「ああっ、また恥ずかしい恥ずかしいって連呼しないでください、ようやく慣れてきたところなんですからっ……！」

プラチナの動じない姿が、今は素直にありがたい——彼女は比較的紐に近くない衣装ということもあるのだが。要所を羊の毛で飾っていて、それはそれで愛嬌《あいきょう》がある。

「では了承を頂けたということで、鍵を使わせてもらいます」

「お願いします。でも、鍵を作るなんてどうやって……」

「それは企業秘密です」

言いながら、ポケットに手を入れたままで鍵を生成する——魔力の喪失感はやはりある。魔力の最大量を増やすためには、レベルを上げなくてはならないだろうか。

「……鍵っていうより、何か長い棒みたいね」

「いや、表面に文字のようなものが描いてあるし、非常に細かいが起伏がある。よほど特殊な鍵なのだろうな」

「これが賢者の魔法……私の知識の外にある世界なんですね……」

ナナセが興味深そうに見ている——そして俺は五人が見守る中で、祭壇の鍵穴に鍵を差し込んだ。

——俺たちの足元、つまり丘全体が揺れる。

祭壇の表面、模様のように見えていた部分に光の筋が走る。文字通り、祭壇が二つに割れる——そして割れた下には魔法陣が描かれており、地面から細い円柱がせり上がってくる。

「びっくりした……こんな大掛かりな仕掛けがあるなんて」

「古代の遺跡には、こういった仕掛けがあるというが……実際に目にするのは初めてだな……」

「見てください。ここに手のひらみたいなマークが……ここに触れってことですか？」

「ああ、そうだな。俺はこういうのは見たことあるが、しかし……」

——遺跡の中に入るときはね、心が救われていなきゃ駄目なのよ。何というか、静かで、豊かで……。

──シェスカは留守番でいいの？　それなら私とマイトで行ってくるけど。

──お預けなんていけずなことされたら、お姉さん欲求不満になっちゃうじゃない……

ふふ、悪い子。

微妙な思い出ではあるが、この魔法陣を起動させるとおそらくこの地下──遺跡の内部に入ることになるので、心構えが必要ということだ。

「みんな、行けるか？　俺一人で行ってきてもいいが」

「つれないことを言わないでください、これでこそ冒険者っていう場面じゃないですか」

「私も問題ないわ。ちゃんと剣は持っているしね」

「うむ、私も盾があれば役目を果たせるはずだ」

「よし、分かった……二人とも、これはおそらく転移の魔法陣です。俺たちが転移したあとは、辺りのものに触れないようにしてください」

「は、はい……すみません、腰が抜けてしまって……」

「お母さんったら……マイトさんたち、どうかお願いします。このお礼は必ずしますっ」

アリーさんとマリノに見送られ、俺たち四人は魔法陣の上に乗る。そして俺が代表して、せり上がってきた柱の上面にある手形に触れた。

◆◇◆

足元から光が溢《あふ》れる——上下の感覚が一瞬なくなる。宙に放り出されたように。

「きゃっ……！」

「くっ……！」

「ひゃぁあっ！」

（うわっ……！）

三人も、転移する瞬間に平衡感覚を失ったらしい——俺の上に倒れ込んできて、受け身も取れずに床に叩《たた》きつけられる。鍛えていなければ鞭打《むちう》ちになりそうなところだ。

「転移ってのはこういう事故が付き物だからな……」

「ど、どこに喋《しゃべ》ってるのっ……！」

「ふがっ……！」

顔に上からまふっ、と柔らかいものが押し付けられる。リスティの声が聞こえたのは、俺の頭上のほうからだった——この位置関係からすると、この柔らかいものは。

（——俺は賢者だ。賢者たるもの、こんな……こんなラッキーなんとかに心を乱したりは……！）

「マ、マイト……ッ、身体《からだ》を動かすな、腕が変なところに……っ」

「う、動かないでくださいね、絶対……こっちを向くのも厳禁で……目、目を閉じてください っ……!」

とにかくこの状況から抜け出さなくてはならないので、三人に従う。目を閉じているうちに、俺に覆いかぶさっていた三人が離れていく。

そして俺は、一つ重大な事実を見落としていたことに気づく。致命的ではないが、ある意味致命的かもしれない。

「……三人とも、着替えてから来たほうが良かったな」

「だ、だって……地霊のところに行くんだったら、この衣装のほうが機嫌を損ねないかもしれないし……」

「寒い場所でなかったのは幸いだった。ここは、さっきまでいた場所の地下なのだろうか?」

「そうだと思います、方位磁石《コンパス》はおかしくなっちゃってますけど」

方位磁石なんてものを、祭礼の衣装姿でも持ち歩いているナナセ——と思ったが、彼女はポーションなどを運ぶために、小さなポケットがいくつかついたベルトを付けていた。

「それにしても広いわね……古代の遺跡って、こんなにしっかり残ってるものなの?」

「あ、明かりをつけますね。光苔《ひかりごけ》の抽出液で作ったライトポーションです」

ナナセがポケットからポーションを取り出すと、薄暗かった辺りが仄《ほの》かに明るくなる。

こちらに背を向けて辺りを見回していたリスティの後ろ姿も照らされて――その時点で、俺はさっきまでまともに彼女の姿を見ていなかったという当たり前の事実を思い出させられる。

（……こんな衣装を着せられる祭礼は、終わりにしないといけないんだ。俺が賢者らしくあるために）

「……？　どうした、マイト」

「あ、ああ……俺なら大丈夫だ。少し前を行かせてもらっていいか」

「マイトは賢者なのだから、後ろからついてくればいいのだぞ」

「いえ、マイトさんのことですから考えがあるはずです。先に行ってもらいましょう」

ナナセのおかげで先行することを許された俺は、三人の後ろ姿を見続ける試練を受けずに済んだ――ここまで苦労させられたからには、必ず地霊にお目にかかりたいところだ。

10　遺跡探索

「それにしても、この天井の高さって……どれくらい地面の下に潜ってるんでしょう？」

「地霊を祭るために作られたものにしては、すごく大掛かりなものに思えるけど……」

「どんな経緯で作られたのだろうな。この辺りを治めていた人物が作ったとしたら、祭礼を近隣の人々に一任しているのはなぜなのか……時間の流れによるものなのか」

三人が後ろで話しているのを聞きながら、足音が響く広大な通路を歩いていく。

左右の壁には壁画がある。棒人間が踊るような姿——これはさっき、リスティたちが披露した舞いの振り付けを表しているらしい。

「これは……多分、地霊の祭壇に向かう人々と、そこで舞いと音楽を捧《ささ》げる人を示しているんだな」

「そういうことなのかしら……この、輪を描いてる人たちの真ん中にいるのが地霊様？」

「これって……二人いないですか？　大きいのと小さいのが描いてありますけど」

大きいほうは人型をしてはいるが——何となくだが、人外の存在にも見える。どちらも地霊なのか、それともどちらか一方なのか。

壁画も気になるが、周囲にも気を配らなければならない。前方を観察して、見逃せない違和感を覚える。

「そこの床だが、何か仕掛けがありそうだ。踏まないように跨《また》いでくれ」

平坦《へいたん》に見えた通路の床に、かすかな起伏と溝がある。

こういった遺跡には、侵入者を阻《はば》むための罠《わな》がつきものだ。踏んだら即死というものもそうは見ないが、用心するに越したことは——。

「跨ぐって、ここのところを？　じゃあ、ジャンプしたほうが良さそうね。えいっ」

「んしょっ……と。これでいいのか？」

リスティ、プラチナとクリアしていく。そして最後のナナセもそれに倣った。

——カタン、と。

「えっ？」

「ん？」

「あれ？」

ナナセの踵《かかと》がギリギリ引っかかって、床がわずかに沈みこんでいる——ライトポーションを持っている彼女は光で足元が見えにくかったのだろう、それは分からないでもない。

「っ……な、なに？」

地鳴りのような鳴動。側面の壁がこちらに迫ってきている——それはもちろん気のせいではない。

「——走れっ！」

「し、仕掛けが動いちゃったの……!?」

「このままでは潰される……っ、ナナセッ！」

「み、溝に引っかかっちゃいました……っ、衣装の飾りが……っ」

「リスティ、プラチナ、行けっ！」

ナナセは俺がなんとかする、そこまで言っている余裕はなかった。手刀で引っかかった飾りを切るが、ナナセはすぐに動き出せない。

「俺が背負っていく、乗れ！」

「は、はぃぃぃっ……！」

「よし、しっかり摑《つか》まってろ！」

ナナセの前に屈《かが》むと、彼女がおぶさってくる。かなりの勢いでしがみつかれるが、それくらいどうということはない。

「――うぉぉぉぉっ……！」

「マ、マイト、速っ……あぁぁ！」

「ま、負けてなるものっ……速……ぁぁぁっ！」

リスティとプラチナを追い抜いていく格好になりかけたが、二人を両腕に抱きかかえて走る――そのほうが速いというのもどうかと思うが、実際速いのだから仕方がない。

迫ってくる壁から逃れると、今度は上にも左右にも広いがらんどうな空間に出て、道がやたらと細くなる。足を踏み外したら終わりだ――だが今は無心になってひたすら走る、広い足場に出るまでは。

「っ……だぁぁっ！」

幸いにも広い足場が見えて、最後は気合いの一声と共に跳ぶ。着地したあと、すぐに三人を下ろすわけにもいかず、そのままで息をつく。

「……大丈夫か、みんな」

「しゅ、しゅみません……私、こういうのに凄《すご》く引っかかりやすくて……」

「……ちょっとドキドキしたけど……あの壁、完全に閉まるわけじゃなくて、すごく細くなるだけみたいね」

「それはどうかな……マイトがあの速さで走ってくれたから、閉まる前に抜けられたのだろうし……」

「とにかく、切り抜けられてよかった。三人とも、そろそろ下ろすぞ」

「あっ……す、すみませんっ……！」

左の腕に抱えたリスティ、右の腕に抱えたプラチナを下ろす。ナナセも慌てて謝りつつ、ほぼ滑り落ちるようにして俺の背中から下りた。

無心で駆け抜けてきたが、どんな地形だったのだろう。そう思って、俺は何気なく振り返る。

「っ……マ、マイト、待てっ、今は……！」

「ん……うわっ！」

振り返ろうとして、そのまま回転して再び元の方向に戻る。

「ご、ごめんね、マイト。衣装がずれちゃって……」

「致し方ないこととはいえ、このままでは支障があるのでな……ナナセ、紐《ひも》を結び直すぞ」

「すみません、私のせいで……許せないですね、地霊の遺跡……乙女の敵です」

「ま、まあ……次からはああいう系統のトラップは踏まないように、念を入れて対処しようか」

「は、はい……お願いします、私自身の運動神経をなんとかしたいですけど。敏捷性《びんしょうせい》のポーションはまだ私のレベルだと作れないみたいで……」

レベルが上がるタイミングにもいろいろあるが、『何かを達成したとき』『冒険を終えて宿で休んだとき』が多いとされている。今回のクエストでレベルが上がるといいのだが。

「……プラチナ、これで大丈夫そう？　見えてない？」

「大丈夫だ、問題ない。マイト、待たせたな」

「よし……探索を再開するぞ。といっても、もうゴールが近いといいんだが……」

一本橋のような地形を抜けた先。アーチ状の短い通路を抜けると、そこは広い部屋だった。

部屋の中心には、岩の塊を積んで作ったような人型の像がある。これは見たことがある――もしゴーレムだとしたら動き出しかねないので、三人が近づきすぎないように制止する。

「これが地霊様の本体……っていうことなの？」

『よくここまで来た、大地の子らよ。褒めてあげよう』

「っ……この声は、どこから……」

「大地の子……まさか、地霊の声なんですか……？」

祭壇の近くで聞いた声と同じ――やはり、地霊には地上にいる俺たちが見えていた。

「……無断で入ってきた無礼を、まず謝らせてください」

これは言っておかなければならないだろう――そう思って言ったが、地霊が鷹揚《おうよう》に笑った気配がした。

『ここに入って来られたということは、鍵を手にしたのだろう。それ自体は詫《わ》びることではないよ。失われたと思っていた鍵が存在していたのは、ボクの予想外だった』

「失われた……？」

「……どういうことだ？」

リスティとプラチナも、地霊の言葉に違和感を持ったようだった――『失われた』という言葉からは、幾つかの推測ができる。

地霊の祭壇を開くための鍵は存在していたが、何らかの理由で失われた。

そして俺が『賢者』の魔法で鍵を作れるということを、地霊のような存在でも知らないということだ。

「え、えっと……地霊様、私たちは一つお願いがあって参りました」

『願いなら聞こう。すでに供物《くもつ》は捧げられているのだから』

「……俺たちに、供物になれってことですか？」

「「っ……!?」」

三人に緊張が走るのが伝わってくる。だが、あまり回りくどい言い方ばかりもしてはいられない。

『君たちはここから出ることはできない。抗《あらが》えば、母なる大地の力を知ることになる……さあ、どうする？　ボクのアースゴーレムと戦ってみるかい？』

地霊の声に反応して、岩の像が動き出す――見上げるほどの巨体はわずかな動きで震動を起こし、パラパラと天井から砂が落ちてくる。

先ほどの壁画に描かれていた人型の大きいほうは、このアースゴーレムを示していたのか。

「アース……ゴーレム……」

「ゴ、ゴーレムって、この地域にいていい魔物じゃないですよね……？」

リスティとナナセが絶句する。通常なら、最高でレベル3のパーティが戦う相手ではない――この辺りの地域で討伐依頼が出されること自体がない、完全に格上の相手。

だが、倒さなければ脱出できないというなら――できることを、やるしかない。

「……アースゴーレムを負かしたら、私たちを外に出してくれるのだな？」

「あ、あの、できればそこまでしたら、野菜の魔物化も止《や》めて欲しいんですけど……っ」

『ああ、構わないよ。君たちは可愛《かわい》いから、それくらいのお願いは聞いてあげよう。その君もせいぜい頑張るといい』

男はどうでもいいという態度だが、戦いに加わること自体は問題ないらしい――それなら。

たとえ狡《ずる》いと言われようと、俺が持っている対ゴーレムの知識をフルに活用するだけだ。

11　ダンジョンボス

「あっ、ちょっ……う、動くと迫力が……っ」

ズシン、とアースゴーレムが一歩踏み出し、その重量で足元が揺れる。

「う、動けない……この揺れはもしや、それ自体が攻撃なのか……っ」

「――プラチナッ！」

一瞬動きを止められるだけでも、アースゴーレムの間合いの中では致命的になる。大きく腕を振りかぶり、繰り出される拳――いくら盾があっても、まともに受けさせるわけにはいかない。

「――控えなさいっ！」

「っ……リスティ……！」

アースゴーレムに向けて、リスティが凛《りん》とした声で言い放つ。ただの声で止まるほど甘くはない、プラチナもそう覚悟して盾を構える――しかし。

「……ゴゴ……ッ」

（止まった……あれはただの声じゃない、リスティの特技……！）

「言うことを聞いてくれてる……え、ええと。降参しなさい！」

「──ゴゴォォォッ！」

「さ、さすがにそれは無理ね……っ、きゃぁっ！」

「──リスティ、拳の届く範囲よりも離れろ！」

「っ……！」

アースゴーレムの拳が地面に衝突する。それ自体も震動を発生させてこちらの足を止めてくる──そして。

「あっ……そ、そういうことね……油断できない……っ」

地面から飛び出してきたのは、土塊《つちくれ》でできた手。それがリスティの両足を摑《つか》もうとしたが、大きく飛び退《の》いたために避《よ》けきれた。

「む、むむっ……なんといやらしい手つきなのだ。私たちにこんな格好をさせる地霊らしくはあるが……っ」

『捕まえたら良い見世物になりそうだね。そこの少年はどう思う？』

「真面目に戦って欲しいんだがな……っ！」

「ひぁぁあっ、ちょっ、いっぱい手が出てくるんですけどっ……！」

「そんなに手をわきわきしないで、見るだけで落ち着かないじゃないっ！」

「ゴゴォォォッツ……！」

アースゴーレムの手が次々と地面から出てきて三人を摑もうとする――手の一つ一つを破壊しても意味がない、本体を倒さなければ。

「いい加減に……しなさいっ！」

リスティが腰に帯びていた剣を鞘《さや》から抜き、アースゴーレムに突きかかる。この辺りで手に入る武器、それもレベル3では打撃はほとんど通らない――そのはずが。

細身の剣がアースゴーレムのがら空きになった腕に突き立ち、ヒビが入る。

『その剣は……土塊で防ぐには荷が重いか』

「――リスティ、離れろっ！」

「っ……！」

アースゴーレムの頭部が発光し、リスティの足元が同じ色に輝く――そして、石床が垂直に突き上がって柱になる。

攻撃後の隙を突かれて動けないリスティを横薙《よこな》ぎに抱きとめ、直下からの攻撃を回避する。

「プラチナ、ナナセ、足を止めるな！　来るぞ！」

「くっ……！」

「あっ、ちょっ……ひぇぇぇっ……！」

プラチナとナナセの足元が光り、石床が突き上がる——ゴーレムはその属性に応じて特殊攻撃を持っているが、このアースゴーレムは土や石に干渉する力を持っているようだ。

『ははは っ……やはりこれくらいのものか。諦めるなら今のうちだけど、どうする？』

部屋中が柱だらけになっていく——このままではアースゴーレムに近づくことも困難になる。

だがそれは、柱を乗り越える手段がなければの話だ。敵が優位を確信している今だからこそ、一度は確実に不意を突ける。

盗賊は、パーティの補助的な役割だけを果たせばいい。

——言い換えると、ファリナはマイト君に危険な役目を負わせたくないってことかしら。

——攻撃を引き付けるのは、私にお任せください。自動人形《オートマータ》は自己修復ができますので。

ファリナは初め、俺が戦いに加わることを快く思っていなかった。自分以外に前衛は必要ないと言い切ったこともあった。

それでも俺は、自分に与えられた天賦——盗賊という職業ゆえの特技を活《い》かそうとした。

俺たちのパーティの完成形は、敵の注意を引き攻撃を誘う誘導役と、有効打を当てに行く攻撃役。それを、今のパーティに適用させるなら――。

「――プラチナッ！」

石柱だらけになり、視界を遮られた中で俺は叫ぶ。これ以上は何も伝えられない、敵に気取られては意味がない。

「お願い……プラチナ……！」

リスティが祈るように言う。その声はプラチナには聞こえていないだろう――しかし、想《おも》いは届いていた。

「こちらに来い、ゴーレム！」

プラチナが声を張る。ホブゴブリンたちとの戦いで見せた『身代わり』の特技が、アースゴーレム――ではなく、それを操っている地霊の注意を引き付ける。

『そっちにいるのか……お望み通り、行かせてもらうよ……！』

ゴーレムの目が輝き、地面から泥の縄のようなものが出てくる――地霊の使う魔法か。それは生き物のように動いて、プラチナとナナセの足を這《は》い登るようにして絡みつく。

「むぅぅぅっ……このような、責め苦……何の、これしき……っ」

「もうっ、なんなんですかこのエッチなゴーレムは……っ！」

『人間にしては頑張ったね……でも、ボクにとっては……』

「確かにまだ未熟だ。だが、弱くはないだろ？」

『——ッ⁉』

アースゴーレムの周囲には垂直にせり上がった石柱に阻《はば》まれ、接近することができない。

そう、地霊も決めてかかっていたのだろう。

だからこそ、全く背後を警戒していなかった。俺が石柱を垂直に駆け上がり、飛び越えて、アースゴーレムの首の後ろに飛びかかるまで。

「うぉぉぉぉっ……！」

『そんなことでっ……！』

アースゴーレムの首の後ろに土塊が集まる——それに構わず、俺は渾身《こんしん》の魔力を込めて、リスティから借り受けた剣を突き立てた。

『くぅぅぅっ……あぁ……こ、こんな……どうしてこんな力がっ……！』

「それなりに鍛えてるんだ。悪いな」

ゴーレムに共通する弱点——それは、ゴーレムを作るときに必ず必要になるコアだ。

それは力ある文字だったり、魔石であったりする。それが入れられている場所には個体差があるが、ゴーレムが攻撃に移るときの魔力の流れで、首の後ろだと判別することができた。

そういった魔力的な弱点を見切るのは、以前はシェスカさんの役目だった。今の俺なら、魔力を少しながら手に入れたことで、自分の目で感知することができる――少しくらいは、魔法職の役割を果たせているだろうか。

アースゴーレムの弱点を貫いたことで、土塊が結束を保っていられずに崩壊する。せり上がっていた石の柱も元に戻っていき、プラチナとナナセの姿が見えた。

どんな目に遭《あ》っていたのか――全身泥だらけになり、衣装がぼろぼろになっている。土で隠れていなければアウトだった――というか、かけてやれる俺の上着も一つしかないので、今は如何《いかん》ともしがたい。

「……やっつけちゃったんですか？　あんな大きなゴーレムを……あっ、この砂がゴーレム……？」

「待った、ナナセ。まだ地霊との話は済んでない、あくまでゴーレムを倒しただけだ」

「……マイト」

後ろからリスティが声をかけてくる。振り返ると、彼女がじっとこちらを見つめている。

「リスティの剣のおかげだ。俺のコインじゃゴーレムの弱点には届かなかった」

「わ、私は何も……マイトがいなかったら、今頃どうなってたか……えっ……プ、プラチナッ」

「ん？」

リスティが何か驚いているので、振り向こうとすると――プラチナがこちらに駆け寄ってくる。

このまま抱きしめられてしまうのかと思いきや、猛烈な勢いで横を通り過ぎられた。そしてプラチナはリスティをひしと抱きしめる。一瞬勘違いしてしまった自分がちょっと恥ずかしい。

「っ……良かった、無事で……柱だらけになって分断されたときは、どうしたらいいかと……」

「う、うん……ありがとう、プラチナ。でも、マイトの声が聞こえたでしょ？」

「ああ、不思議なものだな……マイトの声を聞いて、自分が何をするべきか分かったのだ」

プラチナは振り返ってこちらを見る。あれは俺にとっても賭けで、ゴーレムの注意をプラチナが引き付けてくれたおかげで最短で弱点を狙うことができた。

『……驚いたな。というよりも、まさかという気持ちだ。こんなところに、君のような存在がいるなんて』

地霊の声が聞こえてくる。少しの落胆は感じられるが、それでもその声は落ち着いていた。

『あーあ、ボクの負けか。こんなことになるのなら、もう少し準備しておけばよかった。ゴーレムのコアも意地悪な位置に変えて……あと百年後くらいまでには、今回の反省を活かそうかな』

「野菜を魔物にするのは、もう終わりにしてくれるか？

『……悔しいけど、約束は約束だからね。さあ、地上に出るための魔法陣ならそっちだ。ちゃんと使えるようにしておくよ』

声の気配が遠のいていく。しかし、誰も魔法陣のほうに歩き出さない。

戦闘中は動きにくいので外していたケープを拾い、リスティは顔を赤くしながらプラチナとナナセの肩にかける——自分たちの状況に気づいた二人も可哀想《かわいそう》なほど慌てているが、戦闘中の事故なので仕方がない。

「……何か、すっきりしないな。地霊はなぜこんなことをしたのか、それが全て見えていない」

「マイトがいなかったらアースゴーレムに私たちがやられていたかもしれない……でも、マイトがいなかったらそもそもここまで来られてもいないのよね」

「地霊にとっても、これは思ってもみないことのはずなんです。マイトさん、このままここを出てしまってもいいんでしょうか……？」

三人ともが覚えている違和感。俺も分かっている——この違和感の理由は。

「……何か寂しそうな声だったたな。地霊がそんなことを思うなんて、人間の思い上がりってやつかもしれないが……」

「そ、そんなことないと思います、私もそんなふうに聞こえました。アースゴーレムを動かしたときは、どこか楽しそうで……」

「本当に、寂しかった……だから、野菜を魔物化したりして、アリーさんたちの気を引こうとしたっていうの？」

「……地霊と直接会って話すことはできないのだろうか？　それとも、そうできない理由があるのか。地霊とはやはり、人間が会えるような存在ではないのか……？」

プラチナの疑問については、「場合による」と答えるしかない。自然の力を司《つかさど》るような存在なのだから、人知を超えている部分は多い。

（アースゴーレムは倒したが……地霊の本体と呼べるようなものは、見つけていない。つまり……）

「……マイト？」

広い部屋を見渡す。壁際《かべぎわ》まで歩いていき、目を凝らして、壁の模様を調べていく。祭壇の表面に隠された鍵穴を見つけたときのように——すると。

「……あった……！」

再び俺は、ごく小さな鍵穴を見つける。駆け寄ってきた三人も息を呑《の》んだ——おそらく地霊も、俺たちがこれを見つけることを想定していない。

「……ここから先は……」

「一緒に行くわよ、もちろんね」

「暗かったら明かりが必要じゃないですか？　あっ、ライトポーションだけ持っていくとか意地悪言わないでくださいね、ひとりでお留守番は怖いですから」

「マイトが見つける秘密には、正直言って興奮させられる……ついていく以外にはない」

「よし、分かった。じゃあ、行くぞ……！」

三人の前で、今度は隠さずに鍵を生成する。魔力で生み出された『白の鍵』を鍵穴に当てると、吸い込まれるように中に入っていった。

12　封印解除／地底の柱

祭壇に鍵を差したときのように仕掛けが動くのではないかと、リスティたちは身構えていた——しかし、今度はわけが違った。

「っ……く……！」

「マイトッ……！」

　壁に開いた穴に鍵を差し入れると、全身から力が抜けるような感覚に襲われる。

（しまった……罠《わな》……いや、違うのか……？）

　広い部屋の中のどこかで、何かが光っている——虚脱感に襲われながら振り返ると、外に出るための魔法陣と対になるように、別の魔法陣が現れていた。

「仕掛けを動かすために、魔力を……吸われた、か……」

「大丈夫か、マイト……ッ！」

　足元がふらついたところを、プラチナに抱きとめられる。甘えられないと分かっていても、意識が朦朧《もうろう》として立っていられない。

「すまない、何もかもお前に任せてばかりで……私の魔力など戦いには使わないのだから、マイトに与えられれば……」

「……プラチナ？」

「……いや……違う。私には、できる」

　プラチナが一言呟《つぶや》く。そして、俺の肩に手を置いて間近で見つめてきた。

「ど、どうした……？」

「昨日の夜ベッドで休んでいるうちに、夢を見たのだ。私にできることが、何か増えた……『鍵を開けられた』という声が聞こえたような、気がしていた」

「そ、その夢、私も……プラチナも見てたのね、私だけかと思ってた」

「えっ……二人とも、それってレベルが上がったんですか？　でも、それならギルドカードに表示されますよね」

「ううん、レベルは上がってなくて、ただ夢を見ただけで……」

リスティがこちらを見ている——なぜか、その頰は赤くなっている。

普通はレベルが上がると使える特技も増える。レベルが1上がるごとに一つ習得するとは限らず、二つ習得できたり、逆に特技が増えないこともある。

しかし、二人のレベルは上がっていない。それでも、確実に何か変化が起きたのだというう。

（……二人の胸の前に、錠前《ロック》が見えて……それが、光の粒になって、消えた。あの時に聞こえてきた声は……『封印解除Ⅰ』が使用可能になったと告げた。そして……）

俺が考えるような賢者と、実際に俺が転職した『賢者』は、似て非なるものなのかもしれない。これまでのことでも、十分にそう思う要素はあった。

『封印解除Ⅰ』を使うことで、何かが起こる。プラチナが『できる』と感じていること

──それはおそらく、新しい特技だ。

「……プラチナ、少しいいか」

「うむ。しかし『何かができることが増えた』と言ってみたものの、どうすれば……」

（これは……い、いや、これが正式な方法なのかもしれないが……いいのか……？）

『封印解除Ｉ』を行う方法は、いつの間にか理解できている。天から降ってくるようなその知識は、必ず正しいことを示す──特技の発動方法に関しては。

「あっ……」

プラチナの手を取る──同時にリスティとナナセが声を上げる。

「っ……マ、マイト……」

盾を握っていた手は熱くなっている。それを気にしているようだったが、プラチナは俺から目を逸《そ》らさない。

「プラチナが『できる』と思ったことが、これで使えるようになるはずだ。こんな曖昧な言い方じゃ、信用できないかもしれないけど……」

「……今さら疑うものか。私はそれほど恩知らずではないぞ？」

プラチナが微笑《ほほえ》む。こんな突拍子もないことをして、何が起こるっていうのか。

「……マイトがするんだから、必要なこと……なのよね」

「だ、大丈夫です、ちょっとびっくりしただけなので。続けてください、どうぞ」

リスティとナナセが見守っている――あまり見られるとこちらが照れてくるので、覚悟を決める。

「っ……」

プラチナの手の甲にキスをする。盗賊でも賢者でもなく、女主人に傅《かしず》く騎士のように。

――『封印解除I』が発動　『プラチナ』の封印技『乙女の献身』が解放――

「……やはりそうか。マイトが私の、知らなかった力を引き出してくれたのだな」

プラチナが俺の手を両手で包むようにする。そして目を閉じ、祈る――すると。

「私はこんなこともできるのか……そうか。ここで教えてもらうことができて、良かった」

魔力を失って虚脱していた身体《からだ》に、力が湧いてくる。プラチナが祈るほど、魔力が流れ込んでくる。

『パラディン』を名乗るプラチナだが、その正体は『ロイヤルオーダー』のはずだ。俺が知る限りでは、高貴な身分の主《あるじ》に仕えるための適性を持つ職業。

主人に魔力を捧《ささ》げるような特技が存在していて、それをプラチナは使えるようになった。

『封印解除Ⅰ』を行うことで。

「ありがとう、魔力はもう十分だ……プラチナ？」

「む、むむ……か、加減を間違えた……」

「っ……だ、大丈夫か。俺はちょっと分けてもらうだけで十分だからな」

――『封印解除Ⅰ』の効果終了　『プラチナ』の封印技を再封印――

ふらついたプラチナの身体を支える。それだけ疲労してしまうほど、俺に魔力を分けてくれたということだ。

これほどの量の魔力を供与できる特技は、レベル３で習得できるようなものじゃない。封印解除を行って一度使用したら、すぐに再使用はできない――どれくらいの時間で再使用できるのかは検証が必要だ。二度と使えないことはないと思いたい。

「プラチナは、人に魔力を分けることができるのね……」

「その技を使うためには、マイトさんのキ、キキ、キ……キースが必要なんですね」

「キースって誰だ……キスと言うと俺も恥ずかしいけど、そういうものみたいだ」

「ということは……リスティも私と同じ夢を見ているのだから、マイトのキスで新しい技を使えるようになるのだな」

プラチナは悪気なく、嬉《うれ》しそうにそう言うが——リスティは耳まで真っ赤になり、俺を見てくる。

「……わ、私は……確かに夢は見たけど、プラチナと違って、まだ何かが『できる』っていうのは感じてないから。そういう時は、お願いするかも……お、お願いというか……」

「あ、ああ……必要な時があったら、こちらからも頼む」

あまり意識してはいけないと思ってできるだけさっぱりとした態度を心がける——だが、逆にリスティはそれがお気に召さなかったのか、じっとりとした目で睨めつけてきた。

「今の言い方はちょっとデリカシーがないですよ、マイトさん」

「そうだぞ、必要な時とは事務的な物言いではないか」

「っ……そ、それを気にしてるわけじゃ……こ、こほん。とにかく、マイトの鍵で魔法陣ができたんだから、行ってみましょう」

「そうですね、ちょっとお腹《なか》も空《す》いてきましたし、その……」

ふるる、とナナセが身体を震わせる。冒険者が迷宮で苦労することといえば——確かに、あまり悠長にしてはいられない。

今度はリスティが先導して、四人で魔法陣に乗る――すると足元が光を放ち始め、視界が白く染めあげられていく。

遺跡に入るときとは違い、今度は無事に転移する。眩《まばゆ》い光が落ち着いてくると、そこが今までとはまるで異質な空間であると理解できた。

「この場所は……空中に、浮かんでいる。本当に地下深くなのか……？」

真っ暗な闇が広がる空間の中に、俺たちのいる足場が浮かんでいる。

明かりのようなものはないのに、薄暗い程度で視界には困らない。階段で別の場所につながっているので、俺たちは慎重に上がり始める――落ちることはないだろうが、下を見れば足が竦《すく》みかねない。

「わ、私、実は高所恐怖症なんですけど、知ってましたか……？」

「今知ったけど心配するな。俺が後ろにいる限り、絶対に落ちない」

「あっ、い、行けますから押しちゃ駄目ですよ……っ」

リスティ、プラチナ、ナナセ、そして俺の順番で進んでいく――この位置なら誰かが落ちかけても即座に助けられると思ったからなのだが。

三人の衣装を後ろから、それも斜め下から目にするとどうなるのか。思わず声が出かけて、それからは目を閉じた――それでは元も子もないので再び目を開け、罪悪感と戦いながら目の前のナナセを見守り続ける。

「はぁ、やっと着いた……もう足ががくがくです」

「帰るときもこの階段を降りるのね……泣き言は言ってられないけど」

「緊張感があって、私は嫌いではないな。昔から吊り橋《つりばし》が好きということもある」

「……どうやってここまで入ってきたんだい？」

「ひぇっ……!!」

　地霊らしき声が聞こえて、ナナセが悲鳴を上げる。

「ボクが間違えて呼んだ……そんなはずは……」

『らしき』というのは、確証がなかったからだ。さっきまでは頭に響いてくるような声だったのに、今は違う――『そこにいる誰か』が話している。

「……あなたが、地霊……？」

　リスティも、俺たちも気づいた。少し歩いた先に、土の柱がある。

　その柱に、子供のような姿をした何者かが縛り付けられている。首、腕、足、そして胴にも鎖を巻かれている――拘束されているのだ。

「……地霊とは、少し違う。けれど、否定することに意味はないか」

「一体、あんたは何者なんだ？　こんなところで、なぜ縛られてる……？」

柱に近づき、問いかける。ぼろぼろの服を着た、十歳前後の子供——髪は伸び放題だが、不思議なほどにその身体は汚れておらず、ただの人間でも亜人でもないということだけは分かる。

「ボクはここに来るまでに、ほとんどのことを忘れてしまったんだ。分かるのは、自分がここから出られないということくらいさ」

縛られた子供は俺たち四人をそれぞれ見る。そして見せた笑顔は無邪気にも見えるが、底の知れないものがあった。

13　白の鍵

「忘れてしまったって……ミラー家がこの辺りの土地を開墾したとき、地霊として荒れ地だった土地に恵みを与えたとか、そういうことじゃなかったのか？」

「そ、そうよね……そのお礼として、祭礼をしてきたってことだと思うし」

柱に縛られた子供が、かすかに笑う気配がした。外見の年齢にそぐわないほど、大人じみた表情で。

「ボクはただ、退屈していただけだよ。ずっとこうしていることに……だから、遊んであげたのさ。ボクが干渉できる範囲の地上に恵みを与え、代わりに楽しませてくれるように求めた」

「……それで、楽しませる方法として選ばれたのが、舞いと音楽だったということか」

「そういうことだね。乙女が舞い、音楽は鳴り響く。満天の星の下で、光り輝く祭壇を取り囲んで……そんな光景に、ボクの胸は躍《おど》るんだ」

「まだあどけない少年というふうに見えるのに、意外とませて……いえ、見た目通りじゃないんですよね、年齢は」

「少なくとも君の百倍くらいは生きていると思うよ」

「ひゃくっ……けほっ、こほっ。どれくらい縛られたままなんですか……？」

子供は何も答えない。赤みがかった長い髪が揺れて顔にかかり、目元が隠れる。

「……どちらにせよ、君たちがここに来たのは何かの偶然だろう。もう一度魔法陣を作ってあげるから、地上に戻るといい」

そう言ったあと、呪文のような言葉を小さな声で呟《つぶや》いただけで、何もなかった床に魔法陣が生じる。

「ボクが話せることはもう何もない。上の子たちに祭礼を求めることもしないよ」

俺たちに早く立ち去るようにと促している。

しかし、どうしても俺には、このままこの子供が縛られたままでいていいとは思えない。

見た通りの子供ではなく、俺たちより遥《はる》かに長く生きている存在でも。

「ここに縛られているのは、この辺りの土地に豊穣《ほうじょう》をもたらすためとか、そういうことじゃないんだな」

「初めはそうだったけど、今は違う。荒れ地に作物が育つようにしたあと、それが保たれたのは人間の力だよ。ボクは雨が降らないときに降らせるとか、少し手助けをしているだけさ」

「……それで多くの人たちが助けられてるのは間違いないが。この場所を離れること自体は、問題ないんだな」

「……見れば分かるけど、この鎖は解けないよ。この辺りにいる人間は、最高でもレベル5くらいがいいところだ。この鎖が何レベルで解けるかはボクにも見当がつかない」

「俺のことは、普通にレベル1に見えてる……そういうことか？」

子供は少し顔を上げて、こちらを見る。変わらず微笑《ほほえ》んだままで。

「こんなところに、この鎖を解ける人物は来ない。もちろん、君も……」

「俺ならできるかもしれない。俺は、あんたと同じ……見た目通りの『レベル1』じゃないからだ」

「……君は、何を……言って……」

「どうして作物を魔物に変えたりしたのか。祭礼を続けさせたのか……それは……」

「知ったようなことを言わないでほしいな。ボクは、ただ……っ」

声を荒らげてしまえば、答えを言っているのと同じだ――リスティたちも気づいている。

「……寂しかったのね。ずっとここで、一人で……」

「……ボクはきっと、そんな感情を持つべきですらない。そういう存在のはずなんだ」

「そう決まったわけでもあるまい。その鎖から抜け出すこと自体は、何も悪いことだとは思えない。人々のために力を使ってきたのなら」

そう語りかけるプラチナの声は穏やかだった。このままにはしておけない、全員が同じ気持ちだ。

「……でも……この鎖は、きっと誰にも……」

「聞きたいのは、自由になりたいかどうかだ。それを聞けば、やることは一つだからな」

「どうしてそこまで……ボクは魔物を操って、君たちに敵対したのに」

「それは……理由があったのなら、仕方がない。ここを出たら、迷惑をかけた人に謝るくらいはしてもらうし、許してもらえるかはその人たち次第だけどな」

「え、えっと……絶対に駄目ってことはないと思うんです、希望的な観測にはなっちゃいますけど」

「うむ、謝っても駄目なことはあるが、同じくらいに人々のためになることもしてきたのではないか？」

ナナセとプラチナが言うことは、確かに理想論かもしれない。地霊と呼んでいた相手が出てきたら、アリーさんとマリノは戸惑うだろう。

だが、何事もやってみなければ分からない。やる前から諦めるという選択はない、それが信条だ。

「……あなたは、どうしたい？　マイトならきっと、あなたを助けてくれるわ」

リスティが問いかける。子供は俯《うつむ》き、また顔が隠れてしまう――しつこく食い下がるので、呆《あき》れてしまっただろうか。

「……たい……」

小さな声が聞こえる。まだ、俺たちにははっきり届いていない。

「……ここから出たい。この鎖を、解いてほしい」

かすれるように切望する声が、俺の耳に届いた瞬間だった。

土の柱に子供を縛りつけた鎖。その上に、錠前《ロック》が浮かび上がる。

俺にしか見えていない。縛りつけられている本人ですら、目の前に浮かんでいる錠前《ロック》を視認できていない。

「……どうにもならないと分かっていても、言ってしまった。まるで格好がつかない……全部、君のせいだ」

「やっぱり、作り笑いじゃないか。そんな目に遭《あ》って、その理由も分からないで、怒らないわけがない」

「ああ……こんな目に遭わせたのが神か何かなら、呪いの一つもかけたくなるよ」

怒って、笑って。けれど、泣きはしない。

人知を超えた存在でも、人間に通じる感情はある。自由になりたいと思う権利も。

「みんな……ちょっと待っててくれ」

「この鎖を、外せるの……？」

「マイトの魔法で鍵を作っても、鍵を入れる場所がなければ……」

「……そういう常識は、マイトさんには通じないんですね……きっと……」

祈るような三人の声。俺は右手を開き、念じる——持てる全ての魔力を込めて、鍵を作り出す。

「……来い……っ！」

手のひらの上に光が集まり、鍵の形を成していく。今まで作ったものとは比較にならないほど複雑で、大きな鍵が作られていく。

（これが、鎖を解く鍵……また魔力を全部使い切りそうだ……だが……！）

「……まさか……魔力を物質化させて、鍵を……」

「ああ……今の俺の、ありったけで作らせてもらった。これであんたの『錠前《ロック》』を開ける……！」

鍵穴に鍵の先端を当てる——錠前より大きな鍵が、穴に吸い込まれていく。

そして、錠前が光の粒になって弾《はじ》ける。直後、鎖が跡形もなく砕け散った。

「っ……」

解放された子供を抱きとめる。ぐったりと脱力していて、消耗した今の俺では支えるのがやっとだ。

「……こんなふうに驚くのは、初めてかもしれない。君は人間なのに……人間じゃないボクを、驚かせる……」

「俺もよく分かってはいないんだけどな……鍵を開ければ、何かが起こる。どうも、そういう力みたいだ」

そうとしか説明のしようがない。しかし拙くても、一部は伝わったようだった。

子供はそのまま目を閉じてしまう。小さく寝息を立てている——どうやら、眠っているようだ。

「マイトの鍵って、鎖を壊すようなこともできるのね……それとも、今回の鎖が特別だったの？」

「俺にも全部は把握できてないんだが……とりあえず、上手《うま》くはいったな」

「マイトの鍵には謎が多いということだな。しかし、その鍵で全てが上手くいっている」

「……それだけじゃないですよ。マイトさんがそういう人じゃなかったら、きっとこの子を助けられてないですから」

ナナセが微笑む。そして俺は目を瞠《みは》る──彼女の胸の前に、錠前が現れている。

──『ロックアイI』によって発見したロックを一つ解除──

──ロックを解除した相手に対して『封印解除I』使用可能　絆《きずな》上限を解放──

錠前が光の粒になり、消える。今まさに、ナナセとの『絆』が強まったということなのか。

「マイト、その子は私が運ぼう。かなり消耗しているようなのでな」

「あ、ああ。これくらいなら……」

「何言ってるの、足が生まれたての子鹿みたいに震えてるじゃない。魔力の消耗は怖いんだから」

「こういうときは支え合いの精神ですよ。私が歩けないときは運んでもらいますので」

リスティとナナセが左右から支えてくれる。それは助かるのだが——二人とも、自分の格好を度外視するのは勇気がありすぎじゃないだろうか。

「さて……この子が作った魔法陣を使い、脱出するとしよう」

プラチナの言葉に頷《うなず》き、魔法陣の上に移動する。

——ここに来るという判断をして良かった。プラチナの腕の中で眠る、地霊と呼ばれていた子供を見ながら心からそう思った。

◆◇◆

夜空と海だけが広がる空間に、月が浮かんでいる。

紺色の空の下で、女神ルナリスはマイトたちの姿を空間に浮かび上がらせ、見つめていた。

——地霊の祭壇から転移した先の、さらに奥。マイトたちは知らず異空間に入り込み、土の柱に縛られた子供を見つけた。

「……地母神ウルスラ……あんなところに封印されていたなんて」

子供の姿をしているが、本来の姿は異なっている。ウルスラは、ルナリスたちと同じように神性を持つ者の一人だった。

「マイトは神の封印さえ解くことができる……『白の鍵』があれば、他に封じられた神も、あるいは……」

『……姉さま』

イリスの声が聞こえ、ルナリスはマイトたちの映像を消す。

何もない空間に七色の光が生じて、それは混じり合い、イリスの姿に変わっていく。

「そろそろ、『次』の準備を始めてもいいでしょうか？」

「……魔竜レティシアは役目を終え、今は眠っています。他の『魔王個体』を召喚するのですか？」

「はい。聖騎士ファリナは未完成……より完成に近づけて『神駒《ピース》』としたいのです」

「あなたは『神駒』の候補を弄びすぎる。そのようなことを、主《あるじ》は望んでは……」

「私は女神としての役割を果たしているだけです。弄ぶなんて言い方は、姉さまらしくないですね」

戯《たわむ》れるような妹の言葉に、ルナリスはただ目を閉じる。イリスはルナリスに近づくと、姉の肩に手を置いて囁《ささや》いた。

「人間たちはすぐに脅威を忘れ、弱くなります。魔竜がいなくなった世界には、代わりを用意してあげないと」

「……レティシアのように、理性がある存在とは限らない。分かっているのですか？」

「私たちを脅《おびや》かすのなら、そのときはまた『英雄』に助けてもらいましょう」

イリスは微笑み、姉から離れると、夜の世界から姿を消した。

ルナリスはもう一度マイトの姿を空間に浮かび上がらせ、見つめる——彼らは救い出した相手が神であることも知らずにいる。

「……『賢者』の力が、どのようなものか。確かめなくては」

その呟《つぶや》きは誰に届くこともなく、白い髪を持つ女神の姿もまた消え去る。あとに残されたのは夜空と、物言わぬ月だけだった。

14　脱出

転移を終えると、地霊の祭壇の前に出た。夕暮れ時の外の光を強く感じるが、徐々に慣れてくる。

「お、お母さんっ、マイトさんたちが帰ってきた……っ！」

マリノが声を上げて駆け寄ってくる。その目は涙ぐんでいる——俺たちのことをかなり心配していたようだ。

「ありがとう、待っててくれたのね。もう魔物は出ないと思うけど、どうだった？」

「あっ……そ、そういえば……お母さんと、畑が静かになったって話してたんです」

「一時的に鎮《しず》まったのかと思っていたんですが……皆さんが、地霊様とお話ししてくださったのですか？」

「うむ、あなたがたが地霊と呼んでいたのがこの子なのだ」

「『えっ……？』」

アリーさんとマリノが、プラチナの腕の中で眠る子供を見る。

「この子が……地霊様、なのですか？」

「いえ、そうじゃないみたいです。地霊というわけじゃないいんですけど、雨を降らせたりはできるみたいです」

「……んん。ああ、少し眠ってしまったのか」

会話が聞こえたのか、子供が目を開ける。プラチナに頼んで地面に下ろしてもらうと、子供は西の空に沈んでいく太陽を見て、眩《まぶ》しそうに目を細めた。

「……本当に出られると思わなかった。こんなに明るいものだったかな」

「あ、あの……私たち、あなたのことを地霊だと思って、ずっと祭礼をしてきて……でも、恥ずかしいからって、リスティさんたちに任せてしまって……っ」

マリノは言葉を詰まらせながらも、これまでのことを説明しようとする。それを聞いていた子供は、太陽に背を向けて楽しそうに笑った。

「まだ幼いながら、マリノの踊りはなかなかのものだったよ。もちろんアリーもね。今年はリスティたちが舞ってくれたけれど、恥じらいつつというのもいいものだ。乙女の舞いとはそうでなくてはいけない」

また「えっ？」と言いたそうな顔をして、母と娘が固まる。リスティとナナセは顔を見合わせて肩をすくめ、プラチナは特に動じてはいない。

「……でも、分かってはいたんだ。君たちはボクを祭ってくれていたけれど、それは負担にもなっていた。それでも無茶を言いたくなってしまったんだ。子供じみたことをしてしまった」

「っ……い、いえ、そのようなことは……」

「お父さんは怪我《けが》をしちゃいましたけど、それでもあなたに感謝していたんです。それに、祭礼もちゃんとできなくて申し訳ないって……この辺りが豊かなのはあなたのおかげなのに」

「そうじゃない。豊かな実りがあるのは、君たちが努力したからだ。ボクは……」

リスティとナナセに支えられていた俺は、なんとか自力で立つと、アリーさんたちの前に出た。

「この子は何か事情があって、ずっと地の底にいた。こうして出てきても問題がないなら、連れ出したいと思ったんです。依頼にないことをしてすみません」

「いいえ。この方を私たちが地霊様と呼んでいたのなら……お会いすることができて、光栄でしかありません」

「私もお母さんと同じ気持ちです。お父さんも、お祖父《じい》ちゃんたちも、きっと同じだと思います」

「……そうかな。ボクのことを、怖がったりはしないかな」

「いいえ。もしよろしければ、私たちの家にいらっしゃいませんか？　いくらでも、好きなだけいていただいて構いませんから……私たちの食事などがお気に召したらいいのですが」

人間と変わらない姿である以上、衣食住の確保が必要になる。確かにそれはそうなのだが、アリーさんの受け入れの早さに驚かされる。

「いいのかい？　自分のことは自分で何とかしようと思っていたんだけど……」

「そんなこと言わずに、私たちに任せてください。お母さん、私家に戻ってお風呂《ふろ》の準備をしておくね」

「ええ、お願いね。遅ればせながら、私はアリー、あの子は私の娘でマリノです。あなた様は……」

「ボクの名前は……そうか。君のおかげで、思い出すことができたのか」

「……え？」

『君のおかげ』とこちらを見て言われても、俺には心当たりが——あるとすれば『白の鍵』を使ったことか。

「ボクはウルスラ。ウルとでも呼んでくれればいい」

「分かりました、ウル様。これからよろしくお願いいたします」

「『様』はいいよ、ボクは世話になる立場だからね。君たちもそうしてくれると嬉《うれ》しい」

「ええ、分かったわ……私はリスティって言うの。よろしくね、ウルちゃん」

「えっ……い、いいんですか？　ウルちゃんって呼んでも」

「かまわないよ。君はナナセで、君はプラチナ。そして……男はあまり好きじゃないけど、君は特別に認めてあげよう。賢者マイト」

「あ、ああ……」

俺たちが名前を呼び合っているのが聞こえていたということだろう。しかし俺も、ちょろいものだ——『賢者』と職業を見抜かれるのがとても嬉しい。

「よろしければ皆様もいかがですか？　それとも、フォーチュンに戻られますか？」

「どうする？　みんな」

リスティに聞かれて、ぐぅぅ、と音がする——プラチナのお腹《なか》が鳴ったらしい。

「……探索をしている間は、つい空腹を忘れてしまうな」

「は、はい。私も、その……今までは我慢できてたんですけど……」

「まあ……では、急いで家に戻りましょう」

冒険者たるもの、いつでも迷宮の類を探索できるように準備をしておかなければ——これは、今後の改善点として留意しておこう。今回は衣装の件といい、色々と例外的ではあるが。

15　大地の恵み

その日はすぐにフォーチュンに帰ることはせず、ミラー家に泊めてもらうことになった。

近隣の牧場から分けてもらえるという乳や肉、そして魔物化していない部分を収穫してきたカブを入れたシチューをふるまわれたが、一口食べたみんなの感想がこれだった。

「まさに大地の恵み……やはり採れたてのもので作ると味が違うな」

「本当に美味《おい》しい……すごくコクがあって、塩加減もちょうど良くて。お肉もとろとろになってる」

「ほっぺたが落ちすぎて何個あっても足りないですよ。ああ、舌の上で溶けまふ……」

「おかわりもありますので、たくさん召し上がってくださいね」

「「「はーい」」」

アリーさんがすっかり三人の母親のようになっているが、美味しい食事を与えられると人はいつでも童心に帰るということなのだろう。

「ウルちゃん、本当にお水だけで大丈夫なんですか？」

「うん、構わないよ。清浄な水があればそれでいい」

ウルスラはあの場所でずっと縛られていても生きていたのだから、食事の必要はないのだろう。しかし水だけでは、ナナセの言う通り確かに心配になる。

「もしボクのことを心配してくれるなら……もう一度衣装を着てもらって、賑《にぎ》やかにしてくれたらいいかな。それだけで精気をもらえるからね」

「せ、精気……私たちも踊ってるときに、それを吸われてたの？」

「あの祭壇にはそういう目的もあるからね。けれど疲労したりするほどじゃないよ」

精気を吸うというと、サキュバスとかの類の魔物を連想してしまうが――あの系統の魔物はこちらのレベルを下げてきたりもして、高レベル冒険者にとっても脅威とされていた。

ウルスラが精気をもらうのには、そういった危険はなさそうだが。

しかしさっきから、ウルスラがこちらに向ける視線が気になる。何か楽しそうで、悪戯《いたずら》を仕掛けようとしているような目だ。

（……考えすぎか？　いや、やっぱり見てるな……）

「マイトもいるから、あの衣装はしばらく着られないわね」

「そうなのか？　もう十分に見られてしまったし、今さらどうということもない気はするが……」

「プラチナさんは自信があるからそう思うんです」

「自信……い、いや、そんなことは全くないぞ。あの衣装で自信があるというのは、露出に対する耐性があるということではないか」

「っ……ま、待て、プラチナ。アリーさんたちの前でそれを言うのは……」

以前はアリーさんとマリノも着ていた衣装なわけで――と危惧したとおり、二人は顔を真っ赤にしている。それを見ていたウルスラは寂しげに言った。

「そんなに嫌だったのか……道理で祭礼をしてくれなくなるわけだ。でも、衣装については、お祭りとはそういうものだからって、みんなが自分から作ってくれたんだけどね」

「それは……世代が変わると考え方も変わるというからな」

「そうだね、マイトの言うとおりだ。さすが賢者だね」

茶化しているのかと思ったが、ウルスラは本当に感心しているようで何も言えなかった。

◆◇◆

ミラー家の浴室で、リスティは身体《からだ》を洗い終えると湯船にそろそろと浸《つ》かり、思わず声を出していた。

「はぁ～、生き返るわね……」

「これほど大きな浴室が個人の屋敷《やしき》にあるというのも珍しいな」

「ここのお湯は温泉を引いてますね。知ってます？　地面から勝手にお湯が出てくるところがあるんですよ」

ナナセはお湯に浸かる前に、手で湯をすくいながら言う。湯気にあてられて顔が赤くなっている――リスティはナナセがのぼせやすいことを知っているので、注意して見ていた。

「ボクの力で温泉を見つけるくらいは簡単だね。どこにでもあるものではないけど」

「ウルちゃんにはそんな力が……って……」

「きゃぁぁっ……あ、あれ？　ウルちゃんって一緒に入って良かったんでしたっけ？」

動転しかけたナナセが言うと、いつの間にか浴室に入ってきていたウルスラはふっと笑った。

「やっぱり、人が恥じらう姿を見るのはいいね……というと警戒されてしまいそうだけど。恥じらいがないと、たぶん主様《あるじ》もときめかないんじゃないかな？」

「あ、主様って……マイトのこと？」

「マイトと一緒に風呂に入るのではなかったのか？　む、むう……いくら人間とは違う存在とはいえ、そう舐《な》めるように見られては困るのだが……」

「ううん、綺麗《きれい》だなと思っているだけだよ。女の子は見られて綺麗になるものだしね。それに、どちらかといえば……」

「な、なんなのだ？」

「プラチナは見られたりするのが嬉しいタイプなんじゃないのかな。マイトが見ていると想像してみたら……どうかな？」

ウルスラの悪戯めいた質問に、プラチナは思わずそのままの内容を想像してしまう。

――プラチナのこと、プラチナさんって呼んでもいいかな。

「ち、違うのだマイト、それは私の真の名前では……っ」

「ウルちゃん、年上の人をからかっちゃ駄目よ……って、私たちのほうが年下なのよね。でもウルちゃんはまだ小さいし……」

「リスティは優しいね。ボクはそういう清らかな乙女にこそ、踊り子の衣装がよく似合うと思うよ。主様もそう思っているんじゃないかな」

「マイトさんのことを私たちより分かっているように言ってくれますね……それとウルちゃん、主様っていうのはどういうことですか？」

「ボクを解放してくれた彼のことを、主人と呼ぶのは当然のことだよ。君たちは同じ主人に仕える仲間……と言うと困らせてしまうかな」

「そ、それは……どちらかといえば、同じパーティの仲間として、今まで通りがいいんだけど……」

「リスティさん、悩まないでください。マイトさんが要求してきたりしたら考えたらいいことです、上下関係とかそういうのは」

「う、うむ。マイトにならば顎で使われてもいいし、罵倒されてもいいが……今の対等に近い関係というのも、相応に気持ちが良いものだ」

「言い方が淫靡《いんび》なんだけど……プラチナ、マイトの前では抑えてね。あの人は真面目で誠実な人だから、そんなこと言ったら引かれちゃうわよ」

「い、淫靡っ……違うのだ、私はそんなつもりでは……っ」

動揺している三人を見ながら、ウルスラはくすくすと笑っている。リスティはそんなウルスラを、子犬のようにきっと睨《にら》んで牽制《けんせい》する。

「ウルちゃん、せっかく一緒に入ってるんだから、背中を流してあげましょうか」

「そんな必要はないよ、ボクは……」

「私が洗ってやろう。こう見えても背中を流すのには定評があるのだぞ」

「プラチナさん、いつもリスティさんの背中を流してますからね」

「私はむしろ、プラチナを労《ねぎら》いたいんだけど……」

ウルスラはプラチナに促されて、木組みの風呂《ふろ》椅子に座る。そしてされるがままにプラチナに洗われる――白い肌を、石鹸《せっけん》の泡が覆っていく。

「……プラチナは確かに上手だね。人に洗ってもらうのは落ち着かないけど」

「髪を洗うにはナナセの秘伝のハーブ水が良い。適度に泡が立つし、乾かしたあとはさらさらになるのでな」

「ありがとう……確かに気持ちが良いね。主様にもしてあげたことはあるのかい？」

「っ……そ、そそそんなことはしたことない。なんということを聞くのだっ」

「リスティは主様が真面目だって言うけれど、健康的な男ならむしろ女性に関心を示すほうが真面目だと言えるよね。ボクもそのほうが魅力的だと思う」

「ウルスラさん、本当にマイトさんに感謝しているんですね……いえ、懐《なつ》いてしまったと言いますか……」

「うん、それはそうだよ。彼はボクの扉を開いてしまったから」

「「「……っ」」」

ウルスラの言葉に、三人の首から上が一気に赤くなる。

「ウルちゃん、そんな……ええと、大人みたいな言い方するのは……良くないっていうか」

「ボクはありのままを言っただけだけど」

そして、プラチナは気づく——目の前にいるウルスラの姿は、襤褸《ぼろ》を着ていない状態だと、何か違和感を持って感じられる。

「……どうしたの？　手が止まっているけど」

「い、いや。ウルスラ殿に聞きたいのだが……もしや、貴殿……いや、貴方《あなた》は……」

「……えっ？」

リスティが驚きの声を上げる。ウルスラはゆっくりと振り向く——すると、泡が滑り落ちる胸に、平坦《へいたん》ではない起伏があった。

「ボクは女だよ。踊り子を見るのが好きというのは、性別に関係ないんじゃないかな」

三人は揃《そろ》って、ウルスラのことを少年だと思い込んでいた。

言葉をなくす三人にウルスラは微笑《ほほえ》みかけて、そして言う。

「主様の背中を流させてもらうのは、もう少し先にとっておこうかな。時間を置いてから驚かせたほうが、効果的かもしれないしね」

「そ、それって……ウルちゃん……」

「年齢的にも問題はないしね。ボクには奥の手もあるし……みんながうかうかしていたら、主様のことを貰《もら》ってしまうかもしれないよ」

「っ……い、いえ、私はマイトさんに対してそういう……っ」

「ま、全く何を言っているのだ、パーティの中で貰うとか貰わないとか……」

「……びっくりしちゃって展開についていけないんだけど。思い込みはしちゃ駄目っていうことね」

教訓を得たという顔で言うリスティを見て、ウルスラは笑う。人間より遥《はる》かに長く生きる存在ではなく、見たとおりの少女のように。

第三章　新たな拠点、新たな冒険

1　ファリナとシェスカ

――ヴェルドール聖王国　騎士団領　ラウリール侯邸

マイトと共に魔竜を討伐した一人であるファリナ＝ラウリールは、母国に帰還すると聖王によって叙勲を受けた。

ファリナが褒賞《ほうしょう》として望んだものは地位や名誉ではなかった。枢機卿《すうききょう》たちは国家の最高戦力であるファリナを手元に置きたがったが、彼女はその要望を受け入れなかった。

生まれながらに職業が『天騎士《アークナイト》』であったファリナは、出自の通りならば王立学院に通うところを、自ら志願して騎士学校に入った。

魔竜討伐に志願し、騎士学校を離れるまで使っていた寮に戻ることはなかった。ファリナは侯爵に相当する権限を臨時的に与えられ、騎士団領の一部領地をも与えられた。

屋敷の二階にある自室のバルコニーで、ファリナは座り込んだままで剣を抱えていた。

ファリナに同行して聖王国にやってきたシェスカは、持ってきた食事をテーブルに置くと、室内のベッドに腰掛けて一息つく。

「……少しは食べないと痩せてしまうわよ、ファリナ」

ファリナは答えない。白金色の髪で目元が隠れ、痩せた頬に影を落としている。

「……どうして私は、生きてるの？」

「マイト君が、あなたが生きることを望んだから。だから彼は、あなたを守ったのよ」

「そんなこと……マイトはいつも、自分のことより、人のことばかり……っ」

「……私だって、責任を感じているわ。魔竜を倒すときに『死の呪い』を防ぐ、そんな魔法をどうして覚えられていなかったのかって……レベル99なんて言っても、一番大事なときに無力だった」

「……マイトが私を庇《かば》ってくれたとき……私は……」

喉から絞り出すように、かすれた声でファリナは言う。微笑んでいたシェスカも、目を伏せずにはいられなくなる。

「私は……安堵《あんど》してしまった。死ぬことなんて怖くなかったのに」

「それは、絶対に言っては駄目。マイト君を失ったことがどれだけ辛《つら》くても……あなたが生きることを否定したら、彼の行為が報われない」

シェスカが語りかけると、ファリナはわずかに反応を見せる。

顔を上げたファリナは、泣いてはいない。シェスカはファリナの涙を見たことがなかった。

その瞳は目の前の風景を映していない。シェスカを見る瞳に光はなく、ここではない場所を見ている。

「……マイト君が、魔竜の呪いを受けて死んでしまったのかは分からない。彼は消えてしまったけれど、どこかに転移させられた可能性もある。そうは思わない？」

「……あの女神は何も言わなかった。私たちに報酬を与えると、ただそれだけ……それも、私たちが望むものなんかじゃなく、一方的に与えてきただけだった」

「マイト君が受けた呪いを解いてくれたら……私たちは他に何も要らなかった。でも、女神様は私たちの思う通りにはしてくれない。神様、だものね……」

「それでも、私は……もう一度あの女神に会えたら、また同じお願いをする。私の代わりに、マイトを……」

「あなたは自分で命を捨てることだけはしてはいけない。そうするより、生きてできることを探さなければいけないの」

雲を摑《つか》むような、頼りない希望だと分かっていた。それでもシェスカは、ファリナを失うわけにはいかなかった。

（マイト君がいなくなった今、ファリナを繋《つな》ぎ止められるのは私しかいない……エンジュちゃんも、帰るべき場所に戻ってしまったもの。お姉さんが、頑張らなきゃね）

「マイト君を探しましょう。これも一つの可能性だけど、彼の故郷に行けば何か分かるかもしれない」

「……マイトが、死んでいないっていうの？　私の腕の中で、マイトは……」

「消えてしまった。それは、死んでしまったのとは違うかもしれない……私が、詭弁《きべん》を言っていると思う？」

シェスカにとっては賭けだった。ファリナに信頼されなければ、彼女はこのまま食事を摂《と》らず、生きることを放棄する——これほど衰弱していれば、その危険がある。

しかし、ファリナの目にわずかな光が戻る。彼女の片方の瞳から涙がこぼれ、頬を伝って落ちた。

「……それに、ここにいてもまた干渉されるだけでしょう。私たちを怒らせたら怖いとか、そういうことは考えないのかしらね」

冗談めかしてシェスカは言う。それまでどんな言葉でも表情を変えなかったファリナが、ごくわずかに微笑む。

「私のことを隣国の王子に嫁がせるとか、枢機卿たちはそんなことばかり言う。私たちのしてきた旅を知らないからそんなことが言える」

「ファリナのお父様は、娘の自由にさせたいっていう人で良かったわ。そうじゃなかったら、きっと説得のために苦労していたもの」

「……ほとんど家出みたいにして、騎士学校に入った。魔竜討伐に志願したことの報告も、後で手紙を送っただけ。父には、心配ばかりさせてる」

「それなら、もう一度だけ心配をかけても罰は当たらない……かしらね。神官の私が言うんだから、問題ないわ」

ファリナは小さく頷《うなず》く。彼女は立ち上がるが、バルコニーから部屋の中に入ると、ふらりとバランスを崩す――シェスカはこともなくそれを受け止める。

「三日も食べないと、天騎士さまでもこんなになっちゃうのよ。全く、心配させて」

「……まだ受け付けないけど、食べる。そうじゃないと、あの人に笑われるから」

「マイト君は笑ったりしないわよ。いつも、お兄さんみたいにあなたを優しく見守っていたから」

「お兄さん……そんなこと、考えたことなかった。マイトは、マイトだから」

ファリナに付き添い、シェスカは彼女を居間に連れて行く。テーブルの上には、シェスカが先程運んできた食事が並んでいた。

シェスカに促されて席に座ると、ファリナは顔を伏せたままで何かを呟《つぶや》く。

「…………」

「ん？　ファリナ、何か言った？」

「……何でもない」

そう言ってファリナは、パンを手に取って千切り、口に運ぶ。

──前衛は、身体《からだ》を動かすからお腹《なか》が空《す》く。

──俺もファリナを見習って、何でも美味《おい》しく食べないとな。

マイトとパーティを組んだばかりの頃の、食事の風景がシェスカの脳裏をよぎる。

空いている席に、ファリナとシェスカは無意識に視線を送る。ファリナだけでなく、シェスカ自身の意志でもあった──マイトの死を、まだ受け入れないということは。

2　ミラー家の夜

──歓楽都市フォーチュン　東の郊外　ミラー家客室

ウルスラは風呂《ふろ》から出たあと、当然のように俺の部屋にやってきたが──なぜかリスティたちに引き取られていってしまった。

「まあ、そのほうがマイト……ううん、主様《あるじ》が落ち着くのならいいかな」

「っ……ウ、ウルちゃん。その呼び方は……」

「主様って俺のことか？　普通にマイトでいいんだけどな」

「ううん、これはボクとしてのけじめだからね。おやすみ、主様」

何か風呂に入る前とは印象が違って見える気はするが――リスティたちと話すことで打ち解けたということだろうか。まあ、雰囲気が柔らかくなるのは悪いことじゃない。

ウルスラは地霊だが少年の姿のため、リスティたちと風呂に入っていいのかというのは少し気になりはするが、俺もメイベル姉さんに入れられたことが――と、そんなことを思い出している場合じゃない。

ドアがノックされたので出てみると、廊下にマリノが立っていた。

「あの、お部屋のほうは大丈夫でしたか？」

「ああ、大丈夫だよ。ウルスラはみんなと一緒に寝ることになったから、俺は一人で寝室を使わせてもらうよ」

「はい、もちろん大丈夫です。こちらにはおかまいなく」

「ウルスラのことなんだが、この家でお世話になる……ってことでいいのかな」

「はい、好きなだけ、ずっといてくれて大丈夫です。私たちはこれでも蓄えはちゃんとあるので、一人くらい増えても全然大丈夫なんです。それどころか、家族が増えて嬉《うれ》しいなって、お母さんとも言っていて……マイトさんたちにお支払いする報酬も、最初に依頼したことよりずっと多くのことをしてもらえたので、増やしたいって話してたんです」

「そうしてくれると俺たちも嬉しいけど、あまり無理はしないようにな。マリノの父さんの怪我《けが》のこともあるし」

——本当に何気なく、思ったことを言っただけだったのだが。

マリノの胸の前に、淡く光る錠前《ロック》が浮かび上がる——それだけではない、廊下の向こうにある階段のほうにも光が見えた。

そして錠前は、光の粒になって霧散する。メイベルの時もそうだったが、パーティを組んだ相手でなくても、この現象は起こるということだ。

「……マイトさん、あの……良かったら、これから……」

「マリノ、マイトさんはもうお休みになるんだから、あまり引き止めては駄目よ」

「あっ……お、お母さん。そんな、様子を見に来たりしないでいいのに」

階段を上がってこちらにやってきたのはアリーさんだった——彼女ももう就寝するところだったようで、寝間着姿だ。ガウンの下にネグリジェを着ているが、胸の部分の起伏がとてつもなく豊かで、思わず目の焦点をぼかしてしまう。

「申し訳ありません、お話が聞こえてきたので……ウルスラさんのことは分かりました、服などの用意もありますし、大丈夫だと思います」

「は、はい。よろしくお願いします、俺もたまには様子を見に来ますので」

「はい、お待ちしています」

そう返事をしてくれたあとも、アリーさんはこちらを見つめている。

錠前が開いたということは、この母娘《おやこ》との『絆《きずな》上限』が解放されたということだが——いや、それを安易に二人と仲良くなったとか、そういう捉え方をしてはいけない。

（……それにしてもめちゃくちゃ見られてるな……あの錠前が開くのって、どういう感じなんだろう）

「……で、では、明日も朝食を準備いたしますね。その後は、フォーチュンまで馬車でお送りします」

「はい、よろしくお願いします」

「おやすみなさい、マイトさん」

マリノが小さく手を振り、二人はリスティたちの部屋のドアをノックする——就寝前の挨拶だろう。

俺も自室に入ってベッドに寝転がる。身体の疲労はないが、魔力を使うことが多かったからか、眠りに落ちるのに時間はかからなかった。

（そういえば、リスティの寝間着……たぶんアリーさんに借りたやつだけど、あれは……）

最後に頭によぎったのはそんなとりとめもない考えだった。あのリスティの姿を前にして落ち着いていられたのも『賢者』になった賜物《たまもの》だろう――そう思っておくことにした。

◆◇◆

一方、アリーとマリノの母娘と挨拶を終えたあと、リスティたちの部屋では。

「プラチナ、さっきからどうしたの？」

「そうですよ、様子がおかしいです。プラチナさんはいつもちょっと変ですけど」

「な、何を言う……ナナセこそ、ポーションを作っている時は世にも楽しそうな顔をするではないか」

「そうなんです、さっき手に入れたゴーレムの砂を使って……あっ、ウルちゃんのものなので、勝手に取ってきたら駄目でしたか？」

「すー……すー……」

ウルスラはリスティのベッドで、いつの間にか寝入っている。それに気づいた三人は隣室に移動して、声を小さくして話し始めた。

「……そ、その……さっきの戦いの中でのことだが。マイトにしてもらった行為について……」

「あっ……あれは、プラチナが新しい技を使うために必要だったのよね」

「あの、それなんですけど、私も遺跡の外に出てから、何か変な感じで……気のせいだと恥ずかしいなと思ってたんですけど、やっぱりお二人も……？」

「っ……そ、それは……」

リスティとプラチナは顔を見合わせる。そしてどちらが説明するのかと無言の駆け引きをしたあと、プラチナがこほん、と咳払《せきばら》いをしてから言った。

「どうやら、マイトは『賢者』なので、彼に力を引き出してもらうと新しい技が使えるらしい」

「そ、そういうことなのね……プラチナはあのとき、マイトが魔力を必要としていたから、そういう技を使えるようになったっていうこと？」

「う、うむ」

「プラチナさんは『パラディン』ですよね？　パラディンって、そういう技を使えるものなんですか？」

ナナセの質問に、プラチナはリスティを見やる——そして、神妙な面持ちでナナセに向き直った。

「私の本当の職業は『ロイヤルオーダー』という。それ以上詳しいことは、今はまだ話せないのだが……その職業がどのような役割を持つかを考えれば、他者に魔力を渡せるというのはそれほど疑問でもないのだ」

「ロイヤル……そうだったんですか……」

「……ナナセ、怒らないのか？　私が職業を偽っていたことについて」

「そんな、怒ったりしないですよ。私の職業の『薬師《くすし》』だって、伏せてる人がいるくらいですし……ほら、お薬って言っても色々ありますし、密造のために怖い組織に狙われちゃったりしますからね」

ナナセの反応にプラチナは安堵《あんど》する——リスティは微笑《ほほえ》んでいるが、その表情はどこか寂しげなものだった。

「し、しかし……私は、必要なこととはいえ、彼にそのようなことをしてもらって、次からどうすればいいのかと思って……今ごろ恥ずかしくなってきてしまったのだ……っ」

プラチナはいかにも重大なことというように、声を震わせて言う——その瞳には涙が浮かんでいる。だが、ナナセの反応はつれないものだった。

「そんなことで、すごく悩まれても……プラチナさんも自分で言ってますけど、必要なことなんだから仕方ないじゃないですか」

「し、仕方ない……そうなのだろうか。あの技を使う度にマイトにき……キスしてもらう必要があるのだぞ？　手の甲とはいえ、彼に悪いではないか」

「……キス以外の方法はないの？　私も必要になったら、その……キスしてもらわないといけないことになるのよね……？」

「そ、そんなに気にしてたらマイトさんにも悪いです。男女でパーティを組むってそういうことじゃないですか？　信頼できる人だから、彼を選んだんじゃないんですか」

「……ナナセも顔が赤くなっているのだが。自分だけが平気で、大人の考えを持っているという思い上がりはやめてもらおうか」

「くぅっ……こ、こんな話してたら恥ずかしいですよ、それは。プラチナさんこそ、一番年上なのにそんなに恥ずかしがってたんですか？　それなら言ってください、もっと早く。時間が経《た》って意識しちゃって、マイトさんの前にも出られないなんて、重症ですよ」

「くっ、殺せ……！」

「ま、待って、喧嘩《けんか》しないで。プラチナは相談したかっただけなんだから、ナナセも落ち着いて……ね？」

リスティに取りなされてナナセは引き下がるが、プラチナは羞恥に頬を押さえる。

そんなプラチナを見ているうちにリスティが笑い──ナナセも、それに釣られるようにして笑った。

「もう……しょうがないですね、本当に。プラチナさんは基本的にすごい美人なんですから、マイトさんの前でも堂々としていたらいいんですよ」

「む、むぅ……私など、女を捨てて久しい人間だが……」

「プラチナが貸してもらった服、すごく可愛《かわい》いのを選んでるじゃない。よく似合ってると思うけど？」

「そ、それは、アリーさんが用意してくださったものがこれだったというだけで……」

「言うまいと思ってましたけど、結構えっちなネグリジェですよね」

「っ……この辺りではこういった寝間着が普通なのかもしれないから、滅多なことを言うものではないぞ」

「……あっ、それでマイトの前に出るのを恥ずかしがってたのね」

リスティが納得したという様子で言う。プラチナとナナセはそんなリスティを、真意を窺《うかが》うような目で見つめた。

「……これって、リスティに自覚がないだけですか？」

「昔からそういうところはあるからな……マイトもよく落ち着いているものだ」

「えっ……な、何？　私の服が何か変なの？」

プラチナが恥ずかしがる寝間着とさほど変わらないものを身に着けていることを、リスティは自覚していなかった。それが、マイトにどう見られるかということも。

「そろそろ休みましょうか、私とプラチナさんは同じベッドなんですよね」

「うむ、私は寝相がいいから心配はないぞ」

「ちょ、ちょっと二人とも……」

「リスティさん、ウルちゃんが起きてしまうので騒がしくしちゃ駄目ですよ」

ナナセに釘《くぎ》を刺されて、リスティはハッとした顔で口を押さえる。

そしてウルスラが起きないようにベッドに入ったあと、リスティは目を閉じた後で改めて思い返した――マイトがプラチナの手にキスをする場面を。

（……私も、あんなふうに……そんなに意識したら、マイトに……悪い……）

ウルスラの近くにいると不思議なほどに心が安らぎ、リスティはすぐに眠りに落ちる。

最後に考えたこともまた、一人で休んでいるマイトがどうしているかということだった。

3　クエストクリア

ミラー家で朝食を摂《と》らせてもらったあと、アリーさんに御者をしてもらい、馬車でフォーチュンに戻ってきた。

都市の東門前広場で馬車を降りると、リスティたちがお尻をさすっている——客車は結構揺れるので、ずっと座っていると結構厳しいものがあるようだ。

「皆さん、本当にありがとうございました。こちらが報酬になります」

「っ……こ、こんなにいいんですか？　畑があんなことになっていて、アリーさんたちも大変なんじゃ……」

「いえ……リスティさんたちは許してくださいましたが、企《たくら》みごとのようなことをしてしまいましたから。それに、思いがけず娘が増えたような気持ちですし」

アリーさんがリスティたちと話していると、娘のマリノがそろそろと近づいてくる。

「お母さん、私が一人っ子なので寂しくないかって言ってたことがあって……ウルちゃんのこと、もううちの子みたいに思ってるみたいで」

「なるほど、そういうことか」

「ウルちゃんって見た目は幼いのにすごく大人びたことを言うので、時々びっくりしちゃうんですけどね」

「大人びた……というと？」

何気なしに聞いたつもりが、マリノはそこまで言うつもりはなかったようで、驚いたように目を瞬《しばたた》かせる。

「え、えっと……主様《あるじ》……マ、マイトさんのことだと思いますが、経験豊富なので、き、生娘の私では、手玉に取られてしまうとか……」

「っ……そんな話をしてたのか。まあ、ウルの言うことは……」

「……あっ、ち、違うんです、私も……私も経験豊富ですからっ……！」

それが嘘《うそ》であるということは、マリノの真っ赤な顔を見れば分かる。

なぜ嘘をつく必要が――と考えたところで、誰かに肘で控えめにつつかれた。

「マイトさん、往来でエッチな話はしちゃ駄目ですよ、一人がエッチだと思われたら連帯責任なんですからね」

「し、してないぞ。断じてそんな話は……」

「マリノ、そろそろお父さんのところにお見舞いに行きましょう」

「は、はーいっ……マイトさん、今度またウルちゃんも一緒に来るので、その時はよろしくお願いします」

「あ、ああ。マリノも、お父さんによろしくな」

何か、急激にマリノに懐《なつ》かれている気がする——天真爛漫《てんしんらんまん》な農場の娘というと、俺には無縁の平穏な世界の住人と思っていたのだが。

アリーさんとマリノは馬車を預けたあと、都市の中に入っていく。旦那さんが治療を受けているという診療所に向かうようだ。

これにて一件落着、あとはギルドで報告するだけだ。しかしリスティがさっきからじっとりと俺を見つめている。

「ふーん、マリノちゃんのお父さんに挨拶するんだ、マイト」

「そういう意味のよろしくではなくて……その疑いの目は辛《つら》いんだが？」

「マイトが挨拶に来たら、どれだけ頑固な父親でも折れてしまいそうな、そんな期待感はある。そう、私の父でも……」

「プラチナさんのお父さんというか、ご家族のことってあまり聞いたことないですね。リスティさんもですけど」

ナナセが指摘すると、やはりその辺りは秘密にしているのか、二人が言葉に詰まってしまう。

「私は今二人と一緒に冒険できて充実してるので、いいんですけどね。マイトさんのことも詮索しないですよ、色々気になりますけど」

「……ごめんなさい、ナナセ。いつか必ず話すから、今は……」

「あ、本当にいいんです、なんだか振る舞いに気品があるなとか、そういうのは全然気にしてないですから。プラチナさんの鎧《よろい》に入ってる紋章みたいなもののこととかも」

「しっかり見ているのだな……すまない、仲間に隠しごとをして」

「仲間っていうより、友達……みたいに思っちゃってますけどね。私って、図々《ずうずう》しいので」

そう言って笑うナナセを見て、リスティとプラチナも笑う。

「……あ、笑った」

「え？」

「マイトはいつも落ち着いているが、そんな笑い方もするのだな」

リスティとプラチナに言われて、改めて自身を振り返る。俺はそんなに笑っていなかっただろうか。

――マイト君は真面目すぎるから、ファリナと一緒に笑顔の練習でもしましょうか。

――私はしないけど、マイトが練習するのは見ていてもいいわ。

——私には、ファリナも『楽しい』と感じていると見受けられます。

「……ほら、そうやって遠い目をしてぼーっとしてると、顔に落書きしちゃいますよ？」

いつの間にか、ナナセに下から覗《のぞ》き込まれている。身を屈《かが》めて至近距離に寄られると、服の胸元が——なだらかながらしっかりとある谷間が見えかけて、思わず目を逸《そ》らす。

「あ……す、すみません、馬車に乗ってるとき、暑くて襟を緩めてしまって。お見苦しいものを……」

「い、いや。こういうときは見てしまったほうが悪いわけで……」

「？　マイト、何を見たの？」

「その鋭い目で見られてしまったら、私はひとたまりもないだろうな……逃れられぬ猛禽《もうきん》の目だ」

プラチナは自分の身体《からだ》を抱くようにするが、どこか嬉《うれ》しそうに見えるのは気のせいか。

「じゃあ、猛禽はいったん巣に帰るとするよ。って誰が猛禽だ」

「あっ……あの、猛禽さんにお願いがあるんですけど……」

「……ナナセ、私たちは一緒に行かないほうがいいのよね？」

リスティがなぜか警戒している——できれば一緒に行きたくない、そんな気持ちが伝わってくる。

「一緒でもいいんですけど、万が一実験に失敗……いえ、スライム……」

「ゴブリンの箱に入っていたものか？　スライムも薬に使えるとはいうが……」

「プラチナさんは苦手ですからね、スライム。リスティさんも、無理はなさらず」

「スライムで何か実験するのか？　俺はかまわないけど」

「あ……ありがとうございますっ、マイトさん。ではでは、ギルドで報告をしたあとで待ち合わせをしましょう」

ナナセの職業『薬師《くすし》』は多くのポーションレシピを準備し、その中から効果的なポーションを選んで生成し、携帯することが重要となる。

スライムを材料にしてどんなポーションができるのか分からないが、どうやらそれだけではなく、ナナセには何か試したいことがあるようだ。リスティとプラチナが警戒するということは、これまで実験で大変な目に遭《あ》っているようだが――ここは俺が犠牲、もとい立会人となって見守ることにしよう。

4　執事とメイド

リスティたちの後についてギルドに入ると、相変わらず一気に視線を浴びる。

「リスティちゃんたち、昨日の夜はいつもの食堂にいなかったな……」

「ま、待てよ、おい……今戻ってきたということは、あの新人の男と一緒に、宿泊ありの仕事を……！」

「なんて羨《うらや》ましいことを……女神の名において逃さん、あいつだけは……！」

嫉妬に温度というものがあったなら、俺はもう灰になっているのではないだろうか。

「……ねえ、マイト。何かすごく見られてない？」

「新人にしては堂々としているし、『賢者』はこの街では珍しいからではないか？」

「マイトさん、珍しい職業だと他のパーティに勧誘されがちですけど、ほいほいついていっちゃ駄目ですよ」

むしろ誰からも勧誘されるわけがないので今後もリスティたちと組むことになるが、彼女たちのファンである荒くれ男たちの心情を思うと少々申し訳なさがある。

「やあ奇遇だね。僕もブルーカードで受けられる仕事を終えてきたところだよ」

前にも会った金髪の優男——確か、ブランドと言ったか。今日も筋骨隆々とした老人と、メイド服の女性を伴っている。

「私たちも早くブルーカードになるように頑張るわ」

「うん……うん？　それだけかな、言うことは」

「ええ、他に何か？」

リスティが明るく聞き返すと、ブランドの肩当てがずり落ちた。メイド服の女性が何も言わずに肩当てを元の位置に戻す。

「コホン……ブルーカードに上がるには、魔物の討伐実績などの条件を満たす必要がある。君たちさえ良ければ、僕らが実績を満たす助力を……」

「その必要はないぞ」

「うん……うん？」

「私たちは順調に依頼をこなせてるので、今のところは指導とかは必要ありません」

プラチナもナナセもきっぱりと断る――ブランドは頬をひくつかせるが、取り繕うように髪をファサッとかき上げる。

「フッ……誰にでもあるものだ、若さゆえに自分の力を過信してしまう時期というものは。今日のところはその矜持《きょうじ》を尊重しよう。爺《じい》、ドロテア、行くぞ」

「はっ」

「かしこまりました、坊ちゃま」

「っ……その呼び方は人前では……ま、まあいい。その話は後だ」

ブランドが外に出ていっても、侍従らしい老人とメイドはその場に残ったまま、俺たちに頭を下げた。

「申し訳ありません、若も悪気があってのことではないのです。あなた方を有望な冒険者と見て、お声がけさせていただいた次第ですが……どうやら、私どもが何もしなくとも立派にやっておられるようだ」

「は、はい……今日も、無事に仕事を終えてきたところです」

「彼の誘いに応じる必要はございませんので、これからも厳しくご対応いただければ……」

そう私が言っていたことは内密にお願いいたします」

栗色《くりいろ》の髪の大人しそうなメイドは、思ったよりもブランドに対して厳格だった——侍従というより、目付役か教育係という感じだ。

「私はメルヴィン、ブランド様のパーティで『執事』を務めております」

「私はドロテアと申します、『メイド』でございます」

「……そう言ってしまうと、あの人が貴族か、名の知れた家の出身ということになるんだけど。いいの？」

「なんと、シュヴァイク家をご存じない……なるほど、この街には最近来られたということでしたな。これは失敬いたしました」

「メルヴィン様、そろそろ坊っちゃんが痺《しび》れを切らしておられます」

「そうであったな。それでは皆様方に、女神の祝福のあらんことを」

メルヴィンと名乗った老執事は、胸に手を当てて祈る仕草を見せる。ドロテアはスカートの裾をつまんで一礼すると、踵《きびす》を返して歩いていった。

「なんだか、あのお爺さんも大変そうですね。若君のお目付役って感じでしょうか」

「あの老人は只者《ただもの》ではないな。メイドのほうも、立ち居振る舞いに隙がない」

「私たちは順調に依頼も達成できてるし、他のパーティにあたってもらいましょう。頼りになる人なら、マイトがいてくれるしね」

「そこで俺に振られても……まあ、俺も三人を頼りにしてるよ」

「えっ……そ、そうなの？」

「む、むぅ……むしろ私たちが、マイトに頼り切りのような……」

リスティとプラチナは顔を赤らめて照れている。そんな反応をされると、俺のほうも微妙に落ち着かなくなってしまった。

◆◇◆

「あら、リスティさんたち……依頼の期限は一週間でしたが、もう戻っていらしたんですね。凄《すご》いです」

依頼を無事に達成したことは表情を見れば分かるらしく、受付嬢は自分のことのように喜んでくれる。

「これが受け取った報酬です。事前に提示されていた金額より色をつけていただいたんですが……」

「それはお仕事がそれだけ見事なものだったということですから、評価に加算されます。依頼は農場に魔物が出るということでしたから、討伐記録を見させていただきますね」

リスティが白いギルドカードを取り出して受付嬢に渡す。ギルドカードには冒険者の活動内容が記録されていて、受付嬢はそれを閲覧する権限を持っている。

「……おかしいですね、赤文字《レッドネーム》が記載されてます。この辺りに出没したら、周辺の住民に避難勧告が出されるんですが……アース、ゴーレム……？」

リスティが振り返り、助けを求めるような目をする。どう説明したものか――ウルスラの件までは報告しないでおくとして、アースゴーレムを倒したことは記録に載ってしまっている。

「その、野菜畑の魔物が出る原因にアースゴーレムが関わっていまして。依頼を達成する過程でどうしても倒す必要があったので、なんとか倒しました」

「ほ、本当に倒してしまったんですか？　アースゴーレムにも個体差はあるようですが、推奨討伐レベルは15からで、安全討伐レベルは20とされています……それほどレベル差がある魔物を倒すと、リスティさんたちのレベルも上昇すると思うんですが」

「昨日は依頼主の方に泊めていただいたんですが、朝起きたら強くなっている気はしていました」

経験を積んだあと、宿で寝るあいだにレベルは上昇する。俺のレベルは1のまま変化がないが、三人娘のレベルは上がっていたようだ。

アースゴーレムでもレベルが上がらないとなると、転職後のレベル上昇に必要な経験値がかなり多いか、レベルを上げるために特殊な方法を使わなければならないかだ。なるべく早急に答えを探したい問題ではある。

5 赤文字と特別報酬

「おめでとうございます、リーダーのリスティさんがレベル5になられましたので、ギルドカードの色が変わります」

リスティたちが「あっ」という顔をする。カードの色が白から青になった――つまり、そういうことだ。

「ど、どうしましょう……あっさりブルーカードになっちゃいましたよ？」

「むう……あのブランドという男はブルーカードであることを誇りにしていたが……」

「黙っておいたほうがいいんじゃない？　知らないほうが幸せっていうこともあるし」

さらりと言うリスティだが、こちらも全面的に同意ということで何も言わずにおく。受付嬢は何の話をしているのかと不思議そうだが、みんな愛想笑《あいそわら》いで誤魔化していた。

「当ギルドではブルーカードまでの冒険者しか登録をしていないので、上位冒険者ということになりますね。おめでとうございます」

「それなら、もっと難しい依頼を受けられるんですね」

「はい、掲示板に出ている依頼もブルーなら全て受けられます。それと赤文字《レッドネーム》の魔物を倒されたということで、特別報酬を選んでいただけます」

「特別報酬……？」

『赤文字』の魔物はいわば賞金首のようなもので、一体討伐することで周辺の安全に大きく影響する。アースゴーレムが付近に被害を与えることは考えにくいが、ギルドカードに討伐記録が残っているので報酬は出るようだ。

「ひとつはフォーチュンの市民権と住居です。住居は金貨千枚で売り出されているものですが、無料での貸し出しとなります」

「えっ……住居って、家がもらえちゃうんですか？」

「はい、強い魔物を討伐できる方には、この都市を長く拠点にしていただきたいという市議会の意向がありまして。そういった理由ではありますが、もし都市付近に強力な魔物が出ても、必ず討伐に参加していただくというわけではありません。冒険者には、常に選択の自由がありますから」

都市の防衛に協力して欲しいということなのだろうが、当面はここを拠点にしてやっていくことになるのだから、それ自体は問題ない。

宿を転々として宿泊料を払い続けるよりは、無料で貸家に住めるほうがありがたくはある——のだが。

「……あっ、マイトさん、違うんです、あなたに頼り切りのパーティだからといって、会ったばかりの男性と一緒に住んだりして噂《うわさ》をされたら恥ずかしいし……なんてことは思ってないです」

「っ……わ、私も気にしてなんてないけど。世間ではそういうの、ど、どど、同棲《どうせい》って言うんじゃゃ……」

「女性が三人で男性が一人でも同棲と言うものなのか？　共同生活と言うべきではないか。やましいことなどない、マイトもそう言っている」

「いや、俺は何も……確かに女三人のほうが落ち着くだろうし、パーティだからって当然の権利のように一緒に住むというのも、どうかなと思ってはいるよ」

――「ゆうべはお楽しみでしたか」って聞かれても、寝てるだけなのに。

――あれはね、宿の主人にとって定番の挨拶みたいなものよ。

――ファリナには推奨すべきでない知識と考えられます。マイトもご協力ください。

ファリナの不服そうな顔を、シェスカとエンジュはまるで姉か何かのように微笑《ほほえ》ましそうに見ていた。「たぶん俺がいなければ何も聞かれない」なんて、思ってもとても言えなかったが。

「……あ、あのね、マイト。私は別に、同棲……じゃなくて、共同生活が駄目って言ってるわけじゃなくて……」

「あ、ああ。分かってる……いや、何て言えばいいのか……」

「リスティとプラチナが大丈夫なら、私もいいと思います。毎回ギルドで集合してパーティを組んで、なんてしなくてもよくなりますし」

「そうだな。マイト、できれば私たちと一緒に暮らしてほしい。男一人だからといって、肩身の狭い思いはさせないつもりだ」

三人の了承を得られているなら、迷う理由はない。ないのだが――素直に言って照れるというか、本当にいいのだろうか。

「家以外でも、貴族に出仕するための推薦状や、魔法のかかった武具や装飾品を選んでいただくこともできますが……」

受付嬢に聞かれて、リスティたちは顔を見合わせ、そしてふっと笑った。答えは決まっているようだ。

「いえ、住居の貸し出しをお願いできたら嬉《うれ》しいです。しばらくはこの街を拠点にすると思うので」

「かしこまりました。では、家の鍵をお渡しいたしますね」

渡された鍵は二本――全く同じ形をしているので、どちらを使っても良いようだ。

「じゃあ、私とプラチナは家に行って、中の様子を見ておくわね。もう一本の鍵は……マイトに渡しておいていい？」

「俺でいいのか？」

「はい、私が持っててもいいんですけど、マイトさんならなくさずに持っていてくれそうですし」

「ポーションの実験か何かだったか。あまり遅くならないうちに帰るのだぞ」

「ふふっ……プラチナ、お姉さんみたいになってる」

「このパーティでは年長なので、お姉さんらしくあろうという気持ちはある」

プラチナがこちらを見てくるが、何を言っていいものか。俺の感覚だとみんな妹のようなものなのだが、今の見た目で言っても理解が得られなそうだ。

「うぉぉっ、神よ、俺の目を潰してくれ！　見たくない、現実を見たくない！」

「リスティちゃんが合鍵を……合鍵を……」

「はっ……そうか、あれは鍵の形に見える何かであって鍵じゃない。そうだ、そうに違いない！」

一部で阿鼻叫喚《あびきょうかん》になっているが、リスティたちは気づいておらず、堂々と鍵を渡してくれる。パーティを組んでいるので何もやましいことはないのだが、ここではなく別の場所で鍵を受け取ったほうが平和だったような気もする。

「……マイト、お姉さんと呼んでもいいのだぞという意味を暗に込めたのだが？」

「だが？　と言われてもだな……いや、大したものだけど」

「む？　大したものとはそ、そういった話か？　そんな話をこのような場で……」

プラチナは自分の胸を覆うブレストプレートに触れながら言う。どうやら『大したもの』というのを、胸の大きさに対して言っていると受け取ったらしい。断じてそんなことはない。

「何言ってるの、もう……プラチナ、お姉さんなんだからマイトに呆《あき》れられないようにしなきゃ」

「マイトさんは器が大きいですから大丈夫ですよ。だから私の実験にも付き合ってくれるんですし」

かなり持ち上げられているが、それは想定外の報酬が出てみんなのテンションが上がっているからだろう。

今日一日を充実感とともに終えるためにも、あとはナナセの実験が無事に終わるよう祈るだけだ。ギルドを出たところでいったんリスティたちと別れ、俺はナナセと一緒に街の外に向かった。

6　隠された素材

ホブゴブリンを倒した後、フォーチュン南正門から出たところにある森は危険な魔物が出ることもなくなり、時折リスや野ウサギなどが見られるのどかな場所になっていた。

「この辺りでマイトさんが箱を開けてくれたんですよね。あの時箱に入っていた瓶に、『スライムの素《もと》』が入っていたんです」

「薬師《くすし》はスライムを生成して、いろいろな用途に使うんだったか」

「はい、そうなんです。スライムは魔法生物なんですけど、材料があれば薬師でも作れちゃうんですね。これは教本には載ってないので、独学です」

「それは凄《すご》いな……」

「ですです。私、こう見えて結構努力家なんです」

えっへん、とナナセが腰に手を当てて胸をそらす。しかし、一つ気になった点があった。

「薬師はレベル次第で作れるレシピが決まってるんじゃなかったか？」

「うっ……おっしゃる通りです。他の職業の人たちが使う特技と同じで、薬師のレシピもレベルに合わせて増えていくんです。レベルが足りないと、想定された効果が出なかったりします」

「そうか。ナナセのレベルは、スライムを扱うには足りてるのか？」

「……それは、やってみないと分からなかったりします」

ぺろっ、とナナセが舌を出す。それでいいのかと思うが、何かあったときのために俺が呼ばれたのであれば役目を果たすまでだ。

「あ、あの……やっぱり駄目ですよね、説明なしで連れ出したりして……」

「一つ聞いておきたいんだが、実験に失敗したらどうなるんだ？」

「何も起きなければそれに越したことはないんですが、運が悪いと爆発したりしますね」

「……じゃあ、十分レベルを上げてからのほうが良いんじゃないか？」

「あっ、ま、待ってくださいっ……私、マイトさんがいてくれたら何だかいけそうな気がするんです！」

「っ……い、いや、今さら離脱したりはしないが……というか、近すぎる……っ」

「駄目です、絶対逃がしません。この時を今か今かと待ってたんですから」

目をらんらんとさせて詰め寄ってくるナナセ——なだらかかと思いきや、しっかり主張した部分が当たっている。相変わらず距離が近いというか、警戒心がなさすぎる。

「わ、分かった……ひとまず間合いを取ってもらってだな……」

「え？　あっ……で、でも、マイトさんが行っちゃったら困るので……」

「ここまで来たからには最後まで付き合うよ。実験中に何か危なそうだったら、ナナセを抱えて安全なところに退避する。それでいいか？」

「はい、よろしくお願いします。でも、上手《うま》く行くと思うんですけどね。念のために、向こうにある水場まで移動しましょう」

実験の話になると、それ以外見えなくなるというか。危なっかしいところはあるが、自分の職業にそこまで愛着があるというのは好ましく感じた。

たった。

◆◇◆

ナナセに案内されて森の中を進んでいくと、しばらくして視界が開け、池の端に行き当
広い池には魚も生息しているらしく、向こうでバシャッと跳ねる——なかなか大きい。

——魚って、食べたことがないんだけど……美味《おい》しいの？

——私は種族柄、魚は食べないのよね。マイト君が食べるところを見るのは好きだけど。

——十分に加熱して調理しておりますので、ぜひお召し上がりください。

魔竜討伐の旅の途中、水辺で野営したことがあった。焚《た》き火《び》の明かりと、それを囲む仲間たちの姿を今でも思い出せる。

「お魚、好きなんですか？」

「好きといえば好きだな。まあ、今は食べたいと思ったわけじゃないけど」

「私は魚の魔物がちょっと苦手なので、普通のお魚を食べるときも身構えちゃうんですよね……では、実験の準備を始めます。これが携帯用の調合釜です」

　ナナセは地面に布を敷くと、その上に金属製の釜を置いた。そして水場に行って水筒に水を汲《く》み、戻ってくる。

「水はいろいろなものの調合に使うんです。薬師は水質も分かるんですよ」

「飲み水は死活問題だからな」

「はい、本当に。野営のときに雨水から飲み水を作るのは大変ですから」

　近くに住む魔物や植物次第で、水に毒が混じっているということもある――そんなときパーティの仲間にはよく心配されつつ毒見役をしていた。

『盗賊』の『毒見』という技が役に立つ。キノコや野草の毒を判別できたりもするので、

「水とスライムの素だけでいいのか？　ウォータースライムって感じになりそうだな」

「いえ、個性的なスライムを作るために、材料を加えないと」

「個性的なスライム……ああ、『精霊《エレメント》』を付与するとか？」

「ど、どうして分かったんですか？　魔法で心の中が分かっちゃったり……」

「い、いや、そうじゃない。そんな魔法は使えないから安心してくれ。属性持ちのスライムがいるってことは知ってたからさ」

「そ、そうなんですね……はぁ良かった、心を読まれてたりしたら、今のうちにマイトさんを……」

ナナセが何か思い詰めたような目で見てくるが、何か心を読まれたら困ることでもあるのだろうか——というのは意地が悪いか。

「『アースゴーレム』はその名前の通り、大地のエレメントを持つゴーレムなんです。ですので、ゴーレムの砂がエレメントの付与に使えるんですね」

「そういうことか。確かに地霊《ウルスラ》の力を宿していそうだな」

「はい。問題はですね、この材料で合ってるはずなんですけど、まだ何か足りない感じがするんです。でも、それが何か分からなくて……」

「レシピにはないもので、自分で考えて足さなきゃいけないのか？」

「かもしれませんし、材料が無駄になっちゃうかもしれません。でも、マイトさんがいてくれたら上手く行く気がするんです」

目を輝かせて言われても、おそらくレシピに対してレベルが足りないのだろうと思うのだが——ナナセが一人で実験していたらどうなっていたのだろうか。

爆発しても命に関わったりはしないだろうが、心配なことに変わりはない。なんとか成功させてやりたいが、失敗したらナナセが自信をなくしてしまわないだろうか。

「……す、すみません。私のほうから言い出したのに、こんな……格好悪いですよね」

ナナセの手が少し震えている。表向きは笑顔でも、緊張している——それはたぶん、俺の前で成功を見せたいからか。

「分かった。俺はしっかり見届ける……瓶を割ったりしないように、落ち着いて」

深呼吸して、それでも震える手でスライムの瓶を手に取るナナセ。取り落としたりしないように、俺も瓶に手を添える。

そのとき、ナナセの手に俺の指先が触れた。

（っ……⁉）

――『封印解除Ⅰ』が発動　『ナナセ』の封印技『魔素合成』が解放――

触れた部分から魔力が持っていかれる――これからまさに調合を始めようとしているナナセの身体《からだ》に流れ込んでいる。

「これは……ナナセ、一体何が……」

「このレシピを完成させるために必要な、最後の材料は……素材としての魔力である、『魔素』……！」

ナナセが材料を順番に釜に入れていく。スライムの素、水、そしてゴーレムの砂。

それを棒でかき混ぜる過程で、俺とナナセの魔力が混ざり合い、釜に注ぎ込まれていく。

これが『魔素』――魔力は薬師が使用する素材にもなるということだ。

「私の魔力だけじゃ足りなかった……マイトさんのおかげで、それに気づけたんです」

さらに混ぜ続けると、釜の中が発光を始める――眩《まぶ》しいほどに。

「これで、完成ですっ……‼」


――『魔素合成』が成功　『アームドスライム』生成――


釜から放たれた光があたりを包む。そして一瞬後に、釜から中身が飛び出した。

「ひゃぁぁっ……！」

入れた材料よりも数倍に増えている。飛び出した虹色の液体は、生きているかのようにふるふると揺れている――そして。

「……これが、スライム……？」

スライムの形状が変化していく――人間の、女性の姿に。

「っ……だ、ダメですマイトさん、マイトさんには早いですっ」

「い、いや、そういう目で見たりは……っ」

半透明のスライムとはいえ、形状は人間そのものだ。裸は裸ということで、ナナセが両手で俺に目隠しをしてくる。一応俺のほうが、転職後もナナセより一つ年上なのだが。

「あ、あのっ……スライムさん、服を着た感じにできませんか？」

言葉が通じるのか不明だが、ナナセがスライムに呼びかける――そして。

ナナセがそろそろと俺の目隠しを外す。さっきまで裸だったスライムは、表面の形状と色を変化させて、装甲をつけたような姿に変わっていた。

「武装《アームド》スライム……か。スライムだけど、ゴーレムのように硬い装甲も作れるんだな」

「ゴーレムの砂を使ったので、人型に……そういうことなんでしょうか？」

「ゴーレムの姿になるわけじゃないんだな……いや、形や色は自由に変えられるのか」

「………………」

スライムは言葉を発しないが、頷《うなず》きを返す――そして半透明だった肌の色が変化して、さらに人間に近い姿になった。

ゴーレムの砂の色がそうだったからか、褐色の肌のダークエルフのような容姿になっている。このままの姿なら、スライムであることには気づかれないだろう――それくらい見事な擬態だ。

「私の言っていることが分かりますか？」

頷きを返すスライム――ナナセの言葉が通じている。ナナセは嬉《うれ》しいのもあるだろうが、どちらかというと緊張が勝っているようだ。

「見た目はかなり強そうというか、アースゴーレムと同じくらいの圧力を感じるな……試しにパンチを打ってみてくれるか」

「…………」

俺がパンチを打つ仕草を手本として見せる。するとスライムは頷き、ゆっくりとした動きで構えを取ったあと、拳を繰り出してきた。

「っ……！」

避けること自体は難しくはなかったが、想像したよりも重い一撃——パーティの戦力として数えるには十分なほどの威力だ。

「これは凄《すご》いな……生まれたばかりでも普通に戦えそうだ」

「ほ、本当ですか？　でも私じゃなくてこの子でいいやってなっちゃうんじゃ……」

「いや、スライムの主《あるじ》はナナセだから。これからどう活躍させるかはナナセ次第かな」

「責任重大ですね……え、ええと。では、スライムさんに名前を付けたいと思います。アームドスライムなので、アム……というのはどうですか？」

安直でしょうかとナナセが意見を求めてくるが、分かりやすいのは良いことだと思う。

魔獣をペットにして番号で呼んだり、種族の名前で呼んだりする冒険者もいたが、そこは人それぞれだ。

「……ア……ム。名前……」

「えっ……話せるんですか？　言葉とかどんどん覚えちゃったりします？」

「……マスター……ナナセ……」

「ふぁぁっ……マ、マイトさん、アムが私のことマスターって……」

「……マイト……もっと、ごはん……」

「えっ……あ、ああ。魔力のことか？　けど俺、まだ魔力の量がそんなに……」

話している途中で急に目が回ってくる。またもや迂闊《うかつ》にも魔力を使いすぎたらしい――駆け出し賢者の辛《つら》いところだ。

「マイトさんっ……待ってくださいアム、マイトさんの魔力は吸っちゃ駄目ですっ」

「……ごはん……」

何か柔らかいというか、弾力のあるものに受け止められた気がする。魔力が吸われる感覚も少し生じたが、すぐに止まった――どうやらアムは魔力を吸うのをやめてくれたようだが、目を開けるにはしばらく休む必要がありそうだった。

「……これが、娘が出来てしまったという心境なんでしょうか」

何かナナセがとんでもないことを言っている気がするが、意識が持たない――魔力切れ対策をそろそろ真剣に考えるべきじゃないだろうか。

7 冒険者の家

フォーチュンに戻るとき、アームドスライムのアムはスライム形態に戻った。まだ、ダークエルフのような姿を長く保つには訓練が必要らしい。

「レベルを上げて強くしてあげたら、長い間変身していられるようになると思います」

「そうだな。魔力を与えたりするには、まだ俺だけの力じゃ厳しそうだが……」

「魔力を回復する方法を探さないといけないですね。お薬の材料は知っているので、手に入れられそうな依頼があったら受けてみるとか」

「ギルドの掲示板をこまめに見てみるか。あとは店も当たったほうが……」

話しながら気づく──都市の門をくぐってから視線を感じる。こちらを見ている人物は気配を消しているようだが、これは盗賊の技によるものだ。

ナナセは気づいていないが、それは無理もない。盗賊の技に気づくためには、同じ盗賊の技か対応する魔法などが必要だからだ。俺の場合は技が使えないが、感覚だけで察知している。

『──ギルド長から連絡でもあるのか？』

右手を使った小さな仕草だけで、俺はこちらを見ている相手に質問する——向こうは俺から見えているとは思っていなかったようだが、慌てて同じように符丁《ふちょう》を返してきた。

『クロウ様……でいらっしゃいますね。ギルド長が貴方《あなた》に話したいことがあるとのことです。ギルドの外で落ち合いたいと』

もちろんそれほど細かいニュアンスまでは表現できないが、仕草には俺に対して畏《かしこ》まっている印象があった。俺が知っているギルド員ではないが、『クロウ』のことは知っているのだろう。

そして、ギルド長が自ら誰かと外で会うというのは大きなことだ。俺に対して何か相談事——あるいは頼み事があるのだろう。

『わかった。場所は？』

『鷹《たか》の十九です。場所については以前と変更はありません……では、これにて』

鷹の十九というのは、都市のあちこちに作られた盗賊ギルドの情報受け渡し場所の一つだ。番号に対応する場所は全て記憶している。

「マイトさん、この坂の上ですよ。あの家じゃないですか？」

「ああ、そうだな。ところでナナセ、その……結構目立つぞ」

「っ……!?」

「あっ……す、すみません、何だかここが居心地いいみたいで。別に見栄《みえ》を張ってるわけじゃないですからね」

スライムのアムはあろうことか、ナナセの襟元から中に入っており、胸の部分が目に見えて膨らんでいる。瓶に戻ってもらうのは可哀想《かわいそう》だというが、これはこれで気になってしまうものがあった。

◆◇◆

「これが私たちの家なんですね……」

「無料で貸してもらえるにしては、思ったより新しいな。これからここで暮らすのか」

「……あっ、変な意味で言ったわけじゃないですよ？」

「同棲《どうせい》ではなくて、同居だとかそういうことか？」

聞き返すが、ナナセは少し慌てたような表情をしたあと、顔を赤くして睨《にら》んでくる。

「マイトさん、落ち着きすぎじゃないです？　私みたいに少しは緊張したりとか……」

「ナナセ、マイト、帰ってきたのだな。家の片付けはしておいたぞ、ベッドの準備もな」

話しているうちに、玄関の扉を開けてプラチナが出てきていた。鎧《よろい》を脱ぐとやはり印象が全く変わり、淑《しと》やかな大人の女性に見える。

（十八歳なんて転生前だと子供にしか見えなかったんだが、今はどうも……肉体に精神が引きずられるっていうことか。そんなことを考えてたらナナセに怒られそうだな）

「む……ナナセ、その……胸が大きくなっているようだが」

「スライムを作ったので、ここに入れて連れてきたんです。きっと戦力になるってマイトさんも言ってました」

「では実験は成功だったのだな。おめでとう、ナナセ」

「あっ、撫《な》でるのは駄目ですよ、私子供じゃないんですから……えへへ」

プラチナに頭を撫でられ、なんだかんだで嬉しそうにしているナナセ。見ていると微妙に羨ましくなるが、大人なので態度には出さない。

「寝室は二つで、マイトとは一人が同室になる。マイトはそれでいいだろうか」

「っ……それはみんなのほうが気にならないか？　男と一緒の部屋っていうのは」

「確かに由々《ゆゆ》しき問題ですね、私の魅力は齢《よわい》十四にしてもう抑えきれなくなってきていますからね」

ナナセは得意気に言うが、俺とプラチナの視線に気づくと、かぁぁっと顔を赤らめる。

「あの、二人してそんな微笑《ほほえ》ましいものを見る目で見ないでください……あとで落ち込むんですからね、そういうの」

「い、いや、そんなことは……ナナセなら、マイトとは兄妹《きょうだい》のように過ごせるだろうかと思ってな」

「ああっ、それだとプラチナさんは違うって言ってるようなものじゃないですか？」

「私の場合はお姉さんなので、マイトと一緒の部屋でも気にはしないぞ」

それもどうなのかと思うが、プラチナは本当に気にしないらしい。というか、十五歳相当に戻った俺がよほど少年らしく見られているのか。

「リスティさんも大丈夫だと思いますから、毎晩交代がいいんでしょうか」

「っ……いや、リスティは別室のほうが良いだろう。少々、事情があってな」

「そうなんですか？　それなら、私とプラチナさんのどちらかですね。よろしくお願いしますね、マイトさん」

「ナナセは気にしないんだな。俺と一緒でも安眠できるのか」

「実験に付き合っていただいた方は同志ですから。マイトさんがいなかったら、この子は生まれてなかったわけですし」

「……ごはん……」

「？　今、誰かが声を出さなかったか？　気のせいか……？」

アムが小さな声を出しているが、人語を解するスライムと分かったらプラチナがかなり驚きそうなので、紹介は慎重にしたほうが良さそうだ。

「え、えっと。プラチナさん、リスティは何をしてるんですか？」

「リスティは市場へ買い出しに出ているな。炊事場がしっかりしているので、早速家で作ってみたいとのことだ」

「私も実家で少しお料理はしてたので、手伝えると思います」

「じゃあ、迎えに行ったほうが良さそうか。俺が行ってくる」

「うむ、そちらの坂を降りた先だ。気をつけて行ってきてくれ」

◆◇◆

市場はまだ活気があり、多くの客が訪れている。すぐに食べられるようなものも売っている――空腹を自覚しながら、俺はリスティの姿を探す。

やはり町娘のような服を着ていても、リスティの容姿は際立《きわだ》って目立つ。青色の髪を下ろした彼女は、パンを売っている屋台の前にいた。

「このパンを四つ……いえ、五つください」

「お嬢ちゃん、初めてだから一個分はタダにしとくよ。今後とも贔屓《ひいき》に頼むよ」

「いえ、そういったことをしていただくわけには……お金は通常通りお支払いします」

「ははは、まあうちが勝手にやってることだから。今どき珍しいくらい真面目な子だな」

「私、真面目とかでは全然ないんですけど……」

「ん？」

「す、すみません、何でもないです。銀貨一枚、たしかにお支払いしました」

銀貨一枚でパン五個というのは安いほうだ。レベル帯が上がるほどに物価も上がるので、金貨一枚でパン一個という街もある――物価が変わりすぎて路銀に困ったこともあったが、そんなときは短期で遂行できる依頼を受けて資金を稼いだ。いつでも金を工面できるように、換金できる宝飾品を持っておくのも大事だ。

「……あっ、マイト。どうしたの？　家で待っててくれて良かったのに」

「何を買うのか気になったからさ。リスティは料理が得意なのか？」

「それは……できるといえば、できるけど。理由は、秘密にさせて」

「分かった、詮索はしない。俺も料理はできるけど、『料理』の特技がある人にはかなわないんだよな」

「……剣士なのに、変だと思うかもしれないけど。私は『料理』の特技を持ってるの。初級程度だけどね」

『気品』、そして『料理』の初級。『料理』は職業を問わず練習すれば習得できるが、他者に教えを乞わなければならない。

俺が思う通りにリスティが王族であるなら、なぜ『料理』を学んだのか。剣士を名乗っているのはなぜなのか――そんな疑問が改めて浮かぶ。

「何か食べたいものはある？　私に任せておくと、野菜とお肉のスープになるけど」

「何でも食べるよ。さっきからいい匂いがしてて、腹が減って仕方がなくなってきた」

「ふふっ……マイトは私たちより強いけど、まだ育ち盛りって感じだものね。いっぱい食べるかなと思って、パンもあなたの分は二つにしたの」

そういう理由だったのか――と、気遣いを伝えられると、何か照れくさくなる。ただ多めに買っただけとばかり思っていた。

「あ、ありがとう……」

「多かったらみんなで分けるから、遠慮なく言ってね。ええと、あとの材料は……塩と香辛料はあっちで売ってるわね」

「荷物は俺が持つよ」

リスティが持っていたバスケットを受け取り、買い物を続ける。果物も買って行こうかという話になり店に立ち寄ると、店番をしている女性がこちらを見て微笑んだ。

「いらっしゃい。坊や、お姉さんの買い物に付き合うなんて偉いわね」

「いえ、私たちはパーティの仲間なんです」

「あら、そうなの？　可愛《かわい》い冒険者さんたちね」

「何かお勧めのものはありますか？　食事の後に食べる果物を買いに来たんですが」

「そうねえ……二人くらい若いなら、これでも大丈夫かしらね。ムーランの実って言うんだけど、二つに割って中の柔らかいところを食べるの。今の季節は甘くて美味《おい》しいわよ」

「ムーランの実……ありがとうございます、四ついただいてもいいですか？」

ムーランの実というのは、名前だけならどこかで聞いた気がするが食べたことはない。

麻袋に入れられた赤っぽい色の実は、近くにいるだけで分かるような甘い匂いがした。

「食べたあと、できれば夜更《よふ》かしはしないようにね。また来てね、二人とも」

買い物を終え、家への帰途につく。その途中で、リスティが一歩後ろを歩く俺を振り返りつつ言った。

「マイトのほうがしっかりしているのに、『坊や』って言われちゃったわね」

「い、いや……あれは、俺くらいの歳《とし》の奴《やつ》にはそう言ってるんじゃないか」

「この街は綺麗《きれい》な女性が多いけど、ついていったりしないようにね……なんて。お姉さんって言われて、私もちょっとその気になっちゃった」

「リスティは同い年だけどな。髪を下ろすだけで大人っぽくなるのはずるくないか」

「そんなに大人っぽく見える？　それなら嬉《うれ》しい、早く大人になりたかったから」

転職前の俺なら、まだ大人と言うには早いと言っていただろう。しかし若返ってしまった今、同い年でも女性のほうが成長が早いように感じる。

リスティの言葉に気になるところはあったが、今はあえて何も聞かず、夜の姿に移り変わろうとしている街を歩いた。

家に戻ると、リスティは言っていた通りに料理を始めた。俺も手伝おうとしたが、まず家の中を見るようにと言われ、ナナセに案内されている。

「ここが寝室です。凄《すご》いですよね、前の宿より良いベッドですよ」

「家具まで一式ついてるのはありがたいな」

「はい、本当に……まだマイトさんと同室の人は決まってないので、後で話し合います」

「まあ、俺は寝るときも音を出さないからそこは心配ないと言っておくよ」

「私は時々寝言を言っちゃってるみたいですけど、同室になっても気にしないでくださいね。隣の寝室とはベランダが繋《つな》がってるので、そっちからも移動できますよ」

ナナセはベランダに出てから戻ってくる。やはり宿より落ち着くというか、定住できる拠点ができて嬉しいのだろう。

「二階の部屋はもう一つあるんですけど、小さな部屋なので、物置きになりそうです」

「そうなのか。屋根裏もあるみたいだな」

「えっ……屋根裏なんて、どうやって行くんですか？」

「廊下に仕掛けがある。えーと、罠《わな》がかかってるってわけでもないから……これか」

「きゃぁっ……！」

廊下の突き当たりにある仕掛けを動かすと、梯子《はしご》が上から降りてきた。少し埃《ほこり》が立ってしまう――屋根裏を作ったはいいが、前の住人が使っていなかったのだろうか。

「こ、ここは後で見てみたほうが良さそうですね……」

「悪い、埃をかぶったな……風呂《ふろ》に入ったほうがいいか」

「そうですね、お家《うち》のお風呂の準備をしておかないと。魔道具でお湯を沸かすんですけど、マイトさんは使えますか？」

盗賊ギルドを訪問した時、メイベルが湯を沸かす魔道具を手に入れたと言っていたが――思った以上に、この家の設備は充実しているようだ。

「使えるかどうか、一度見てみるよ。駄目だったら今日のところは風呂屋に行くか」

「はい、分かりましたっ」

ナナセは弾むような返事をすると、一階に降りて俺を浴室まで案内してくれる。一度庭に出ると、浴室の外側の壁に魔道具が埋め込まれていた。

「この壁の向こうにお風呂があって、水は溜《た》めてあります。魔道具を使って水を温めるって、説明の覚え書きがありました」

「ああ、分かった。ナナセは中に入って、水がどうなってるか見ててくれるか」

「かしこまりました！」

ナナセはそう言って、パタパタと走って家の中に入っていく。

「さて……」

魔道具には赤い魔石がついている。これに魔力を流すと効果が発動するとかそういうことなのだろう。

（……手をかざして魔力を流す感じか？）

「――動け！」

掛け声とともに手をかざしてみたが、何も起こらない。これは結構恥ずかしい。

メイベル姉さんに使い方を聞いておけば良かったと、詮無きことを考えかけたとき。

――『ロックアイI』によって『温熱の魔道具』のロックを発見――

生物・無生物に対して『ロック』を一つ発見する、その技能が魔道具に対しても働く――表面に、錠前《ロック》が見える。

（ここに鍵を差せば動かせるのか？　正規の使用法が分かるに越したことはないけど、便利といえば便利か）

俺は自らの魔力で鍵を生成し、鍵穴に差し込んでみる。錠前が消えるということはなく、魔力が吸われる感覚がある――そして。

『ふぁっ……マイトさん、お水が温かくなってきてます！』

壁の向こうの浴室内から、ナナセの声が聞こえる。無事に魔道具が起動しているようだ――温度の加減の仕方も理解できている。

『マイトさん、ちょうどいい湯加減になりました。凄いです、こんなに早く……っ』

ナナセが喜ぶ声が聞こえたその時、身体《からだ》の内側から、今までになかったような力が溢《あふ》れてくる。

――『マイト』のレベルが2に上昇　新たな特技を習得――

レベルが上がるタイミングは幾つかあるが、賢者の場合は魔力を使うこと自体が経験を積むことになるのかもしれない。これは思わぬ収穫だった。

「上手《うま》くいったみたいだな」

『はい、大成功です！　ご飯ももうできてますけど、どっちを先にします？』

「食事の後がいいか。湯が冷めたらまた温め直すよ」

◆◇◆

リスティが作ってくれたスープは、家でこれが食べられるのかと感嘆するような味だった。市場で買った材料は特別なものではないのに、一口目でこれはと思い、気づいたら皿が空になっていた。

「いや……驚いた。リスティ、本当に料理が上手いんだな」

「そうだろう、リスティは花よ……ではなく、料理が趣味でよく練習をしていたからな」

「ん？　プラチナ、今なんて……」

「ほ、ほら、マイト、食後のデザートもあるわよ」

リスティが二つに切った果物を出してくれる。切る前から甘い匂いがしていたが、割ると橙色《だいだいいろ》の果肉がとろっとしていて、さらに濃厚な香りがする。

「種はもう取り除いてあるから、そのままスプーンですくって食べてみて」

「ああ。ん……美味《うま》いな。甘みがちょうどいい」

「この果物を食べると、魔力の回復が早くなるみたいですね。これを材料にして新しいお薬が作れるかもしれないです」

「ならば、マイトが多く食べたほうがいいか。私の分はまた別の日に食べるとしよう」

「俺は大丈夫、一個でも十分回復してる感じはするから」

そんなことなら買えるだけ買っておけばよかったかと思うが、出ている在庫は四つだけだったので、またあの女店主を見かけたら入荷状況を聞きたいところだ。

（……しかし回復はしてるが、ちょっと身体が熱いな。気にならない程度だが）

「マイトがそう言ってくれてるし、私たちも食べてみましょう」

リスティたちもデザートの果物を食べ始める。俺も皮の部分だけ残して食べ終え、片付けを始める――盗賊ギルドの仕事で飯場の雑用として潜り込んだときのことを思い出す。

「マイト、ありがとう」

「洗い物は途中までで良いから、先に入浴すると良い」

「アムも食べますか？　美味しいですよ」

ナナセが呼ぶと、スライム形態のアムがぽよんぽよんと跳ねてくる。『ごはん』というのは魔力だけではなく、普通の食事も指しているようだ――ナナセが止めるのも聞かず、果物の皮も食べていたが。

◆◇◆

浴室に入ると、洗い場に小さな鏡が置いてあった。自分の姿を映してみて再確認する

——転職前は身体のそこかしこにあった傷が消えている。

（これじゃファリナたちには俺が俺だと分からないかもな……）

レベルを上げ、再びファリナたちと同じレベル帯になれば、絶対に会えないということはない。しかし俺はまだレベル2で、ファリナたちは99だ。この差を埋めるにはどれだけの時間を必要とするだろう。

会うだけなら、できなくはない。ファリナたちがフォーチュンを訪問してくれたなら

——だが、そんな動機が彼女たちに生じるとは思えない。

偶然を待ったままでいるわけにはいかない。俺がするべきことは、一から冒険者として実績を積んで、『賢者』として一人前になることだ。

湯を桶《おけ》ですくい、頭からかぶる。今は考えるのを止《や》めようと、そう思った矢先——浴室の戸が開く音がした。

「……え？」

どう反応していいのか分からず、間が抜けた声が出る——俺が入っていることに気づかなかったのか、もちろんそんなわけもない。

「……マイト、私たちも一緒に入っていいだろうか？」

「い、一緒に……って、それは色々と問題が……っ」

「いいのよ、私たちはパーティの仲間なんだから」

プラチナだけでなくリスティも入ってきた——そしてナナセも。身体はタオルで隠しているが、それだけで隠しきれるものではない。そもそも直視している場合ではないと気づき、光の速さで下を向く。

「湯の節約とかなら、俺がいくらでも沸かし直すし、別々に入ったほうがだな……っ」

「そんなことは気にする必要はない」

「へ……？」

「私たちが気にしないでいいって言っているんだから、気にしないでいいと思うわ」

おかしい——明らかに何かが変だ。三人の中では比較的真面目というか、しっかりしているはずのリスティがそんなことを言うなんて、急転直下が過ぎる。

「マイトさん、まだ身体は洗ってないんですよね。お背中お流ししましょうか……？」

「い、いや、それは自分で……」

「遠慮することはない、私たちも後でお互いにそうするのだからな」

混乱しきった頭を無理矢理に回し、考える――なぜこんなことになっているのか。

ここに至るまでに何があったかを思い出そうとして、存外すぐに思い当たる。

――そうねえ……二人くらい若いなら、これでも大丈夫かしらね。

――ムーランの実って言うんだけど、二つに割って中の柔らかいところを食べるの。

(あれはそういう意味か……そんな危険な果物を、普通に売るのはどうなんだ……っ)

「……さっきから、身体が熱くて仕方がない。この火照《ほて》り、どうやって鎮《しず》めれば……」

「お風呂に入ってさっぱりすれば……そう思ったけど……」

「あれ……さっきから、マイトさんが二人に見えるんですけど……お背中二人分流さないとですね……」

俺がムーランの実を食べても少し酔ったようになっただけで済んだのは、盗賊時代の訓練の賜物《たまもの》なのだろうか。

今は仲間たちが素面《しらふ》に戻ったときにショックを受けないように、どうこの場を丸く収めるかを全力で考えるしかない――新しい家での一日目を無事に終えるために。

8　二人の理由

「リスティさん、前よりちょっと大きくなりました？」

「そんなことないと思うけど……太ったのかな」

「冒険者を始めてよりメリハリがついたのだろう。私ももっと鍛えなくてはな……マイトはどう思う？」

浴室を出るという選択は許されなかった——プラチナはこの状況では一番手強《てごわ》く、俺が逃げないように何気ないふりをして見張ってくる。

「マイトさんはどうして隠れてるんですか？」

「いや、そろそろのぼせそうだから上がろうと」

「もうちょっと入ってればいいじゃない。それとも私たちと一緒は嫌なの？」

（嫌ということは全くない……が、言えるわけがない……！）

ムーランの実はリスティと一緒に買ったので、俺だけの責任ではない。しかし元レベル99の俺が迂闊《うかつ》にも妙な気分になる果物を買ってしまったというのは、三人に申し訳ないという思いがある。

「ふぅ……四人一緒に入るのはちょっと狭いけど、思ったより広くて良かったわね」

「うむ、こうやって座れば三人入っても大丈夫ではないか？」

「あー、じんわり温かいです。ちょっとお湯が溢れちゃってすみません」

（ちょっ……！）

　歓楽都市の住宅は、水にあまり困らないことから浴槽が大きい。だからといって、二人以上が同時に入ることはそうそうないと高をくくっていたのがいけなかった。

　三人は浴槽の縁に座って、足だけ浸《つ》かっている。足湯のみでも温熱効果は十分であり、ずっと浸かっていれば汗も流れる――だからといって、俺が一人で浸かっているところに攻め入ってくるとは。

「たまにはこういう浸かり方もいいわね」

「公衆浴場とはまた違った良さがあるものだな。知り合いだけだと落ち着くというか」

「俺が言うのもなんだけど、落ち着いてていいのか……？」

　口を挟むと、三人は顔を見合わせるが、何を言うわけでもない。

　そして、三人同時に俺を見て――睨《にら》むわけでもなく、微笑《ほほえ》んでくる。

「……マイトはこういう経験はあるの？　レベル1なのにすごく強いし、やっぱりいっぱい経験してるのよね」

「さっきレベルは2に上がった。新しい技は分かってないけどな」

「うむ、レベルが上がったあとに然《しか》るべき場面に際して、新しい技の極意が頭の中に『降りてくる』ものだからな」

アースゴーレムを倒したことで、リスティとプラチナのレベルは5に、ナナセはレベル4になっている。ナナセは作成できる薬のレシピが増えたようだが、リスティとプラチナの新しい技がどんなものかは気になるところだ。

「マイトさん、はぐらかしてません？　経験って、そういうことだけじゃないですよ」

「ん？……あ、ああ、そういうことか。そういうのってやっぱり気になるかな」

「それはそうだろう、全く気にしないというのはマイトに対しても失礼ではないか」

あまりこっちを見られること自体が得策ではないのに、プラチナが完全に俺を逃さないという目になっている。

「……それで、どうなの？　女の人とパーティを組んだこととか、あるの？」

「それは……ある。あるけど、こんな状況はさすがに初めてだ」

そろそろ三人には状況を理解してもらい、穏便に退出させてほしい。暗にそう言いたいのだが、三人は楽しそうに目だけで意思疎通している。

「私たちは、マイトがパーティに入ってくれて本当に良かったと思ってるの……」

「そ、それは、もっと長く冒険してから出てくるかもしれないセリフじゃないか？」

「かもしれない、ではない。今の時点でも十分すぎるほどに感謝している。まだ未熟な私たちの力を、マイトが引き出してくれている……それは、間違いのないことだろう」

「最初はレベルだけで判断して、私のほうが先輩なんて思ってましたけど、今ではもうそんな自分が恥ずかしいくらいで……凄《すご》い人に入ってもらっちゃったなって、毎晩寝る前に思ってます」

そろそろこれ以上聞いたら後戻りできなくなりそうだ——ムーランの実の威力が凄すぎる。歓楽都市だからって、こんなものを気軽に流通させていいわけがない。

「……なんで三人とも距離を詰めてくるんだ？」

「えっ……気のせいじゃない？」

「そうだ、マイトからこっちに来ているのではないか……」

「そうですよね……ふふっ、男の人の濡《ぬ》れ髪っていいですね」

十四歳が何を言っているのか、と言う余裕もない。三人との距離が、浴槽の中という制限された空間の中で徐々に狭まり——決定的な境界を超えるところで。

（っ……!?）

三人には見えない、俺だけにその発光——錠前《ロック》が、見える。

しかし今回見えた錠前は、前に見えたものとは違う。前は白色だったが、今回は赤に近い色だ。それも一律に胸の前ではなく、三人とも別の場所に出ている。リスティは胸の前、プラチナは太腿《ふともも》のあたり、そしてナナセは耳の後ろあたりに出ている。それが何を意味するのか、冷静に推し量る余裕がない。

——常時発動技【ロックアイⅡ】　生物・非生物が持つ二つ目の『ロック』を発見する

——


「マイト……私、普段からこんなこと考えてるわけじゃなくて、今日は……」

「そう……私もリスティと同じで、マイトに対して邪《よこしま》なことなど、今までは……」

「ま、待て……今までって、それだとこれからどうなるか……っ」

「マイトさん、たじたじじゃないですか。女の人とお風呂《ふろ》なんて余裕だって顔してたのに……あれ……？」

ナナセが俺に手を伸ばしてくる——その途中でふらつき、こちらに倒れかかってくる。

「危《あぶ》っ……ま、待て、それはさすがに……っ！」

反射的に支えようにも、触れていい場所などこの状況ではどこにもなくて、辛《かろ》うじて許されそうなところを探して受け止める。

「っ……ナナセ、大丈夫か？」

「……すー……」

「……え？」

ナナセは俺のほうに寄りかかったまま、動かずにいる。彼女が寝息を立てていることに遅れて気づき、他の二人の様子を見ると――風呂の縁に座ったまま寝てしまいそうで、危うい状態になっている。

「た、頼む……寝るなよ、こんなところで。一人ならまだしも三人は……っ」

「……マイト……もっと食べていいよ……？」

「うむ……育ち盛り……なのでな……」

（……俺が悪い奴《やつ》だったらどうするんだ、全く）

俺にできることは一つ、三人を浴室から離脱させること。そして風邪を引かないように何とかすること――『賢者』らしく、無心の境地に至らなければ。

◆◇◆

ムーランの実の効果は、一定時間の媚薬《びやく》的な効果の後に眠くなるというものだった。

俺の体質では微妙に身体《からだ》が火照ったりする程度だが、リスティたちにとってはかなり強い作用があったようで、三人とも寝ぼけながら着替え、すぐ寝入ってしまった。

部屋の割り振りも検討している余裕がなく、同じ部屋にリスティが寝ている。最初は毛布もかぶらず寝ていたので、起こさないようにかけてやると自分で手繰り寄せていた。

こちらも自分のベッドに入るが、なかなか寝付けない。誰でもそうだろう、あんな状況に遭遇した後では――しかしリスティが寝ているのだから、俺も無理矢理にでも寝なければと思う。

（……経験があるのか、か。シェスカさんにも聞かれたな）

ファリナは興味がないようで、自動人形《オートマータ》のエンジュは概念だけ理解しているようだった。

そういうパーティだったからこそ、男女混成でも長く旅ができたのだと思う。

三人はその目立つ容姿もあって、立ち寄る街で男性から声をかけられることが多かった。

そんな時は俺がいることで男除《よ》けにはなったのだが。

――マイトがあんな目をするの、珍しいと思って。

――私たちのために怒ってくれたんでしょう。そういうところ、頼りになるわよね。

――私は自動人形ですので自己防衛は可能ですが、マイト様には感謝しております。

かつての仲間たちの言葉が脳裏を過《よぎ》る。仲間に対して過保護が過ぎるかもしれない、そういうのは重いだろうか。そんな俺の迷いを察したかのように、三人は笑ってくれた。そんな出来事が頻発した街では、俺のことを『番犬』と呼ぶ輩《やから》が現れたりもしたが、自分の振る舞いを考えたら否定はできない。

「……マイト、起きてる？」

「ああ、起きてるよ」

眠ったものだとばかり思っていた――いや、一度は本当に寝ていたのだろう。リスティは目を覚まして、こちらに背を向けたままで声をかけてきた。俺が返事をすると、彼女は身体をこちらに向ける。

「……ごめんなさい。夕飯の後からのこと、あまりよく覚えてなくて」

「そうなのか。まあ、みんな疲れてたからな」

「うん。でも、何となく良いことがあったような気がするの」

「っ……そ、そうか……」

何を言っていいものか分からない。リスティは楽しそうに笑うと――ふと、真剣な目をする。

「私……まだ、マイトに言ってないことがあるの」

「……どうして冒険者をしてるのか、か？」

はぐらかすようなことでもなかった。俺の推測は当たっていたのか、リスティは身体を起こし、こちらに背を向けベッドの端に座る。

寝室の窓のカーテンが揺れ、月明かりが差し込んでいる。リスティはそっと自分の髪に手櫛《てぐし》を入れながら、言葉を続けた。

「プラチナも私も、本当の名前を名乗ってない……そのことは、気づいてた？」

「……プラチナも、リスティも、所作を見れば何となく分かる。まあ、上手《うま》く隠してるとは思うけどな」

「そう……やっぱり、マイトは凄いね。見ただけで分かっちゃうなんて。ここに来てからずっと、誰も分からなかったのに」

盗賊ギルドの長であるメイベルなら、リスティたちについて何か知っていてもおかしくはない。

尋ねていれば何か教えてもらえたのかもしれないが、できるならば、リスティたちから直接事情を聞きたかった──彼女たちが、なぜ身分を隠しているのか。

「……なんで、冒険者になろうと思ったんだ？」

「強くなりたかったから……ううん、それだけじゃない。色々なところを自分の目で見て、

知りたかったから」

「それで、この街に来たのか。プラチナと一緒に」

「そう。彼女は、私の親友なの……プラチナにそう言ったら、怒られてしまうけど」

「プラチナがリスティのことを大事にしてるっていうのは、見ていれば分かるよ」

背を向けていたリスティが、こちらを振り返る。そして、とても嬉《うれ》しそうに微笑《ほほえ》む。

「プラチナはそういうこと言うと照れちゃうから、あまり言わないであげてね」

「……真《ま》っ直《す》ぐな、いい奴だよな。たまに少し危なっかしいけど」

「そう……『パラディン』って名乗ってくれていたのも、私のため。私を守るために前衛になりたいからって……」

プラチナの本当の職業は『ロイヤルオーダー』。高貴な者の命に従うことが、その役目。つまり、リスティの職業は『ロイヤルオーダー』を従える者ということになる。

「……マイト、私は……私の、職業は……」

「リスティは『剣士』だろ。料理の技能を持ってたりするけど、俺たちのパーティでは攻撃役だ」

「っ……料理は、職業と関係なく習ってたから……それに攻撃役なんて言っても、マイトのほうがずっと強いじゃない」

「後衛の攻撃が強力でも悪いことはないからな」

しれっと答えると、リスティは少し不満そうな顔をする——大事なことを言おうとしたのに、ということだろう。もちろん、そこを誤魔化すつもりはない。

「レベルが上がって覚える技は職業によるものだからな……俺たちの前で見せると、リスティの本当の職業も分かるかもな」

「マイト、私は……」

「本当はどういう職業だったとしても、リスティの自由にすればいい。俺はこのパーティの一員で、パーティが決めた目的を達する。そのためにここにいるんだ」

リスティは何も答えない。本当にそれでいいのか、というように俺を見ている。

「普通の魔法がろくに使えない俺と組んでくれて、感謝してるんだ。だから、リスティが冒険者を続けたいと思う限り、俺は全面的にそれを肯定する」

「……そんな……全面的に、なんて。大げさなこと言って……」

「本当に思ってることだからな。例えば……リスティの正体がお姫様でも、俺の考えは変わらない。そういうことだ」

さらりと言ってしまったが——リスティは、否定をしなかった。

俺に背を向けると、リスティは目元を拭っているようだった。目が潤んでいることには気づいていたが、もう一度こちらを見たときには、いつものリスティに戻っていた。

「マイトは前にパーティを組んだ人にも、そんなふうに言ってたの？」

「い、いや……そんなことはないけど」

「私じゃなくても、そんなふうに言われたら嬉しいだろうなと思って。ごめんなさい、試すようなこと言ったりして」

「構わないが、元気になったみたいで何よりだな。今日はもう寝たほうが良いぞ」

「ふふっ……マイト、何だか私のお兄さんみたい。同い年なのに」

リスティはまだ少し話したそうだったが、俺の言う通りにベッドに入る。

「……ありがとう、話せてよかった」

「ああ。俺で良かったらいつでも聞くよ」

「私とプラチナのこと……まだ、他の人には言わないでおいてね」

「心配するな、口は堅いから」

答えてしばらくすると、リスティが静かに寝息を立て始める。俺も目を閉じていると、今度はすぐに眠気が訪れた。

眠り際に思うことは一つ――リスティが言っていた、冒険者を目指した理由。

強くなりたい、色々なところを自分の目で見たい。

自分が魔竜討伐を志し、この街を離れたときのことを思い出す。その思いは、今も変わらずこの胸に残っていた。

第四章　動き始める運命

1　朝の風景

朝の光が窓から差し込んでいる。

隣のベッドに寝ていたリスティの姿はない。ベッドは綺麗《きれい》に整えられている——装備はまだ持ち出されておらず、彼女は家の中にいるようだ。

「ふぁぁ……あ、おはようございます、マイトさん」

「ああ、おはよう……」

部屋の外に出たところで、隣の寝室から出てきたナナセに会う。言葉が続かなかったのは、彼女の寝間着が子供っぽい——と言ってはいけないが、やたらと可愛《かわい》らしい装《よそお》いだったからだ。

ナナセに続いてプラチナも出てくるが、彼女はまだ顔だけしか見せない。

「ナナセ、家の中とはいえ男性に寝間着姿を見せるのは……」

「大丈夫ですよ、マイトさんなら。だって昨日一緒に……」

軽い調子で返事をしようとしたナナセだが、途中で疑問顔に変わって「あれ？」と呟《つぶや》く。

「え、えーと……昨夜のことは、忘れたほうがいいのか？」

「昨夜のこと……すみません、気がついたらベッドの中だったので」

「気がついたら朝になっていたな。これほど深く寝られたのは久しぶりで、気分が良い」

プラチナは言葉どおり機嫌が良く、会話につられるようにしてナナセの隣に進み出る
──昨日服を着せたのは俺なので分かっていたことだが、プラチナの寝間着は生地が薄く、抗《あらが》おうにもどうしても視線が惹《ひ》きつけられそうになる。

「……プラチナさん、何だかいつもより揺れてません？」

「む？　……あぁっ⁉　サ、サラシが……そうか、昨日は巻かずに寝てしまったのか。そのほうが寝苦しくないからな」

プラチナは自分で納得しつつ、部屋に引っ込んでいく。ナナセがじっとりと俺を見てくるが、ここはとにかくやり過ごすしかない。

「駄目ですよ？　覗《のぞ》いたりしたら。マイトさんならプラチナさんは許しちゃいそうですけど、それでも人と人との思いやりというか」

「そんなことはしない。節度のある大人だからな」

「私より一つ年上なだけじゃないですか。それなら私も立派な大人ですね」

ナナセは嬉しそうに言うと、先に階下に降りていく。ここにいたまま再びプラチナと顔を合わせるのも避けたいので、俺もナナセの後に続いた。

階段を降りる途中からすでに良い匂いがしている。ダイニングではリスティが食事の配膳をしているところだった。

「おはようございます、リスティさん。すみません、お任せしてしまって」

「おはよう、二人とも。プラチナもすぐ降りてくるわよね、もう用意しちゃったけど」

サラシを巻くのにどれくらい時間がかかるものなのか分からないが——と、考えているうちにプラチナも降りてきた。

「リスティはもう完全にこの家の炊事場を使いこなしているのだな」

「ええ、初めから手入れがしてあったから。水は昨日のうちに汲《く》み置きしておいたしね」

「俺にも手伝えることがあったら何でも言ってくれ」

「マイトも一緒にしてくれるの？　じゃあ、次からは起こしちゃうわね。よく寝てたから、起こしちゃいけないと思って」

言われて今さら気づく。いつもなら、夜襲に備えていつでも起きられるよう、深い眠りに落ちることはないのに。

「マイトさんの寝顔、ちょっと興味あります。どんなでした？」

「お、おい。それを聞くのはマナー違反というかだな……」

「すごく寝相が良くて、感心しちゃった。夜中でも寝息が静かで、私のほうが遠慮しちゃうくらい……あっ」

すやすやと寝ているかと思ったら、このお嬢さんは寝ている俺の様子を見ていたらしい
——なかなか油断できない。

「……寝つきが悪いなら、寝具の改善を考えたほうがいいんじゃないか」

「ふむ……マイトほどの賢者でも、やはり少年のような反応をするときはあるのだな」

「まあまあ、そんなに照れなくても。寝顔が可愛いっていうのは悪いことじゃないですよ」

「ごめんねマイト、ちょっとだけ目が覚めちゃって……」

「い、いや……気にしてないよ」

俺の寝込みの隙を突くとはなかなかやるな、と強がりを言ったところでさらに三人を楽しませるだけだろう。

「やはり新鮮なパンでも、焼き直すと美味《おい》しさが違うな」

「本当ですよねー、細やかな心遣いが嬉しいです。ベーコン入りのスープも塩がきいてて堪《たま》らないです」

二人とほぼ感想は同じなのだが、リスティがこちらをちら、と窺《うかが》ってくるので、少し考えてから口を開く。

「リスティは何を作っても美味《うま》いな」

「っ……そ、そんな、褒めても何も出ないんだから」

「いや、天然で出ているな。友人の私でも見習いたいと思うほどに」

「私もあと三年くらいしたら、ほぼほぼリスティさんみたいになりますからね」

はにかむリスティを見て二人が何か言っているが――俺からすると何というか、リスティはできすぎた妹というか、そんな感覚だ。

しかし転職して十五歳に若返った今となっては、同い年のリスティに対して年下扱いするのも違うのではないかという思いがある。俺の中で無精髭《ぶしょうひげ》のやさぐれた盗賊と、駆け出し賢者が混ざり合っている状態だ。

「あ、私じゃ無理だと思ってますか？　私の研究しているお薬の中には、すっごいのがあるんですからね。媚薬《びやく》とかじゃないですけど」

「ナナセのお薬は本当にすごいから、いつも楽しみにしてるの。昨日はマイトと一緒に新しいポーションを作ったのよね？」

「はい、必ずお役に立ちますよ。マイトさんと私の想《おも》いの結晶……というか、初めての共同作業ですからっ」

「っ……お、お前な……」

「マイト、大丈夫？」

「パーティとは常に共同作業だからな、今後も一つずつ積み重ねていかねば」

リスティが水を出してくれて、プラチナが背中をさすってくれる。

どうやら冒険に出ていないときは、俺は二人に弟扱いでもされているようだ——それが悪くないと思ってしまう俺も、少し変わったのかもしれない。

2　盗賊ギルドの密命

冒険の合間には休みも必要ということで、今日は単独行動をする時間ができた。

（メイベル姉さんの呼び出しを、あまり先送りにはできないしな……）

娼館《しょうかん》のある区域には日中も人はいる——指定の場所である『鷹《たか》の十九』は、この区域にある。

「坊や、こんなところに遊びに来ちゃ駄目よ」

「魔法使いの服を着てるから、冒険者さんなんじゃない？」

「あら、じゃあお客さん？　ごめんなさいね、あんまり若いから」

娼館で働いているらしき女性たちが声をかけてくる。やはり見咎《みとが》められないように行動したほうが良さそうか——と、路地の角を曲がったところで隠密《おんみつ》行動に入る。

指定の場所——娼館の裏口のひとつ。ドアに近づいて、中にだけ聞こえるように囁《ささや》く。

『呼び出しに応じて来た。クロウだ』

ガタッ、と中から音が聞こえる。しばらくして、ドアの鍵が静かに開けられた。

滑り込むように中に入るが、扉を開けた人物の姿はない——どうやら慌てて奥に隠れたようだが、一体どうしたのだろう。

「クロウ、来てくれたね。昨日からここに泊まってて良かったよ」

姿を見せたのは、レザーアーマーを身に着けたメイベル姉さんだった。彼女は背後にあるドアに視線を送って苦笑する。

「あの子、今もクロウに憧れてるみたいでね。顔を合わせるのも恥ずかしいって」

「あの子って……」

「シャノアだよ。今はあたしの所で働いてる」

「シャノア……あ、ああ」

メイベル姉さんは「忘れてたの？」と呆《あき》れた顔をする。しかしここは言い訳をさせてもらいたい——俺とシャノアにはそれほどの接点はない。

「あんたが人さらいから助けたあの子が、もう十六なんだから……あら？」

俺が若返り、少女が十年成長すれば、そういうこともありうるのか。どうやら、そのシャノアとは年齢が逆転してしまったらしい。

「あの子、種族柄成長が早いみたいでね。それでも引っ込み思案は変わんないもんだから困ったものだけど……と、その話は置いておいて。クロウ、聞いたよ。何か大きい依頼をやったんだって？」

「ああ、大きな依頼というか……意外と大事《おおごと》になったけど、何とかやれたよ」

「転職してレベルは下がったみたいだけど、やっぱり腕は落ちてないね」

メイベル姉さんはそう言って、テーブルの上に何かの文書を広げる——これは、手紙だ。サイン代わりに描かれているのは、角の生えた鹿——これは俺の旧友『エルク』のサインだ。

「ガゼルとエルクは密偵の依頼を遂行中……そう言ってたな。その、密偵に入った先っていうのは……」

「王都ベオルド。この大陸西部を統治する王国の中心だよ」

ベオルド——魔竜討伐の旅に出るときにも、途中で滞在したことがある場所だ。

「そのベオルドに、なんで密偵なんかに？　王都にも盗賊ギルドがあるはずじゃないか」

「うちに依頼を持ち込んできたのは、この辺りの領主……シュヴァイク家でね」

「シュヴァイク……」

ギルドで会った、金髪の男──その名前が『ブランド＝シュヴァイク』。彼が連れていた老人とメイドの話も含めると、ブランドはおそらく領主の血縁者だ。

「王都は今、二月《ふたつき》ほど前から魔族に悩まされててね。廃墟《はいきょ》になった塔を根城にしていて、何かを探しているらしいんだ」

「魔族か……この辺りのレベル帯じゃ、戦うのは難しいな」

「魔族や魔物は、レベル帯というルールから外れてるからね。例外的に強い魔物が現れることがある」

「ガゼルとエルクは、その件を探りに行ったわけか」

「そう……国王が送り込んだ戦力では、魔族に太刀打ちできなかった。そして魔族の脅威がいつまでも排除できないことを、公表できずにいるのさ」

シュヴァイク家は政権の中央から距離を取らされているが、貴族同士の政争に割り込む機会を求めていたという。そして今回、ようやくその時が訪れた。

「国王の出した勅令。魔族を排除できた者が、王女を妻とすることができる……か」

「王女を娶《めと》った貴族は王位継承権を得られる。政争では有利な材料というわけさ」

「シュヴァイク家には、正式に通達されてないんだろう。それでも魔族を倒しさえすれば、王女と結婚する権利が与えられるのか？」

「そういうことだね。シュヴァイク家に中央の貴族が話を回してないだけだから」

王都が魔族の脅威にさらされているというのは理解できた。しかし、この話をメイベル姉さんが俺にするのはなぜなのか。

「貴族たちは血眼になって魔族を討伐しようとする……それはあたしら盗賊ギルドが干渉するようなことでもない。それでもあんたに話したかったのはね……」

メイベル姉さんがもう一枚テーブルに置いた紙。そこに描かれていたのは、王女と思《おぼ》しき人物の姿だった。

これまでの話の中で、いや、もっと早くに気づくべきだった。

プラチナの鎧《よろい》に入っている紋章。盗賊に奪われ、取り返したリスティの指輪――そして、彼女の所持している剣。

本当の職業が『ロイヤルオーダー』であるプラチナが一緒にいる相手。

王族のみが使うことのできる技――それを使いこなす、リスティは。

「……あたしも今まで気づけなかった。まさか、歓楽都市で王女が冒険者をやってるなんてね」

ノイエリース＝ティア＝ベオルナート王女。

その絵姿は俺が知る彼女によく似ている。しかしただ似ているだけ、他人の空似で済ませることはできない。

メイベル姉さんはすでに確証を得ている。だからこそ、俺を呼んだのだろうから。

「貴族が魔族を討伐すれば……王女は、そいつと結婚しなきゃならないって言うのか」

「王女が有力な貴族に嫁ぐのは珍しいことじゃない。あんたと一緒に冒険者をしているよりも、それが本来あるべき流れなのかもしれない」

メイベル姉さんは俺がリスティと――王女とパーティを組んでいることを知っていて、今の話をしてくれた。そういうことだ。

「でも一番辛《つら》いのは、自分が望む通りに生きられないこと。あんたはノイエリース王女を見ていてどう思った？　どうして冒険者をしているのか、教えてもらったのかい？」

何も聞いていない――聞けていない。パーティの仲間とはいえ、深く立ち入ることはするべきじゃないと考えてきた。

まだ俺は何も知らない体《てい》でいい。ただ、リスティが望んでいることが分からなくても、彼女が自分で選択できるようにしてやりたい。

そのために、やらなければならないことができた。

「ありがとう、メイベル姉さん」

「ん。私も無責任なことを言うけど、あんたには期待してるからね。魔王を倒して帰ってきた盗賊――じゃなくて、賢者になったクロウには」

魔族の脅威を除くことは、メイベルたちを守ることにも繋《つな》がる。

魔竜を倒しに行ったときからずっと、確かな動機であり続けている。冒険者とは危険を冒して目的を果たすもの――俺の場合、それは大事なものを奪われないことだ。

3　歓楽都市の騒乱

歓楽都市フォーチュンに来たのは、そこが『はじまりの街』と呼ばれていたからだった。

王女として生まれて、花嫁修業をして、いつかこの国を支える力を持つ誰かに嫁ぐ。べオルドの後宮で暮らす間、私はいつもそう言い聞かされていた。

生まれながらにして私の職業は定められていて、それがこの世界では決まっていることで。

職業通りの生き方を選ぶことが自然で、それ以外を選ぶのは不自然なこと。

子供の頃から私の護衛として育てられたプラチナ――本当の名前はプリムローズという――は、私が護身のために武術を習いたいと頼むと、少し困りながらも相手をしてくれた。

――ノイエリース殿下、見事な剣さばきでございます。

――私にも、戦ったりする素養はあると思う？

――殿下をお守りすることが私の仕事でございますが、そうですね……。

予《あらかじ》め決まっていることだけをして生きる。それを国王陛下も望まれている。

分かっていても、いつか決められた結婚をするまでの時間に、追い詰められていくような思いがあった。

物語の中に出てくるような、王都の外の世界を見てみたい。

世界の果てにいるという恐ろしい魔竜。それを討伐するために冒険者が募集されているという話さえ、私にとっては憧れの対象だった。

冒険者とは冒険を生業《なりわい》にする人たちのことで、職業のことを指すわけではない。

それなら、私も冒険者になれるかもしれない。職業は定められていても、冒険者になれば、王女として生きる以外の自分を見つけられる。

夢物語だと分かっていた。

王都を出ることは許されない。冒険者になるなんて、口にすることもできない。

それでも、時間が欲しかった。

誰かが王都近くの塔を根城にしている魔族を討伐したら、その人が男性だったら。私は、その人と結婚しなければならなくなる。

残っている時間は少なくて、それでも待っているだけで終わりたくなかった。

プリムローズに剣の稽古をしてもらっているときに、私は話を切り出した。

王都を抜け出したい。私は一人でも大丈夫だから、不在のうちの時間を作ってほしい。

そんな無茶なお願いをした私に、プリムローズは――呆れるわけでもなくて、むしろ目を輝かせてこう言った。

――私はノイエリース殿下をお守りする、白銀《プラチナ》の盾でございます。

――殿下がどこに赴かれようとも、お傍《そば》で仕え続けます。

彼女も子供の頃から『聖騎士《パラディン》』に憧れているというのはよく知っていた。

私たちが身分を隠すことができたのは、母から譲り受けた指輪のおかげだった。『隠者の指輪』と呼ばれるそれは、王族がお忍びで外に出る時に使っていたもの――それがなければ、私は歓楽都市のギルドに登録することさえできなかった。

ナナセと出会ってパーティを組んで、冒険者として簡単な依頼を受けて、それさえ上手《うま》くできなかったり、時には成功したり——そうやって日々は過ぎて。

このまま時間が過ぎてしまってはいけない、そんな葛藤の中にいた私は。


——俺の名前はマイトって言うんだけど、君は？


レベル1なのに、世界の全てを見てきたみたいに落ち着いている。

そして私が今まで見た中で、誰よりも強い人に出会った。

◆◇◆

「——スティ。リスティ？」

「あ……ごめんなさい、プラチナ」

「考え事をしながら歩くと危ないですよ、私も人のことは言えませんが」

朝からマイトが出かけて、私はプラチナ、そしてナナセと一緒にギルドに足を向けていた。

条件の合う依頼があったら、希望を出しておかないといけない。マイトがパーティに入ってくれて当面暮らしていけるくらいにはなったけれど、冒険者としての経験を少しでも積みたい。

「マイトはどこに行ったのだろうな。この街に知り合いでもいるのだろうか」

「……もしかして、お付き合いしている女性がいるとか？」

「えっ……彼を見てて、そんなふうに思うところはあった？」

プラチナもナナセも顔を見合わせて、照れたように赤くなる。私もマイトが確実に誰ともお付き合いをしてないとか、そんなふうに決めつけられるほど彼のことを知らない。

「マイトはいつも落ち着いている……というか、時に翳《かげ》があると感じるところもあるが、人当たりは良いな。男女どちらに対しても」

「だから、特に女の人に慣れてるみたいとか、そういうこともないと思うんですけど……あっ、でもウルちゃんも懐《なつ》いてましたし、アリーさんたちもそうでしたね」

「それに……私たちも。マイトがいないことを、今みたいに気にしちゃってる」

私たちは笑い合う。こうやって外に出てきたのも、家にいるよりは、マイトと同じように外に出たかったからかもしれない。

「むっ……リスティ、何かギルドのほうが騒がしいようだ」

ギルドハウスの入り口に集まっている冒険者たち――彼らが、中から出てくる誰かのために道を開ける。

「おい、あいつら本当に……」

「このあたりのレベル帯で、魔族退治なんてできるのか？」

喧騒《けんそう》にまぎれて聞こえてきたその言葉を、聞き流すことはできなかった。

「魔族……まさか、王都近くの塔の魔族が……っ」

プラチナの声は震えていた。

塔の魔族は王都が牽制《けんせい》していて、このフォーチュンの脅威になることはない——王都では、そんな話が流れていたのに。

「まだ……その魔族と限ったわけじゃない。でも……」

ギルドハウスから出てきたのは、金髪の若い男性——ブランドという人だった。

シュヴァイク家のことを、私は良く知らない。貴族家のひとつで、このフォーチュン一帯の領主であっても、直接面会するような機会はなかった。

「やあ、リスティ……今ギルドに来たばかりなら、まだ話は聞いていないのかな？」

「話というのは、魔族のことか？　一体何が起きている……？」

プラチナが私の代わりに尋ねると、ブランドが従えている二人のうち、大きな身体《からだ》のお爺《じい》さんが答えてくれた。

「都市西部の関所で守備隊《ガード》が襲われ、砦《とりで》が占拠されました。賊は魔族のようです」

――魔族の侵攻。いつ起きてもおかしくなかった、そう分かっていても身体が震える。

「敵は下位魔族ながら、レベル５の守備兵で構成された部隊が撤収を余儀なくされました。そのため守備兵と同等か、それ以上の冒険者に招集がかかっています」

「おいあんたら、守備兵が勝てない相手とやり合うなんてやめとけよ！　魔族退治は冒険者の仕事じゃねえ、死んじまうぞ！」

　ギルドで何度か見かけた、実力者だという冒険者の男性が声を荒らげている。ブランドは相手にせず、ずっと薄く笑みを浮かべたままでいた。

「僕のパーティは守備隊以上の力を持っている。依頼として出された魔族退治の仕事を受けただけなのだから、ご心配には及ばない」

「お前らがそんなに出来るだなんて話は聞いちゃ……」

「い、いや、若造はさておきあの二人は……」

　メルヴィンというお爺さんと、ドロテアという女の人。二人の腕がどれくらい立つのかを、知っている人もいるようだった。

「それにこれは、僕にとっても貴重な機会だ。僕が魔族を倒すことには、君たちとは違う特別な意味がある……手出しはしないでくれたまえ」

ブランドの言葉は私たちにも向けられていた。私の横を通り過ぎる前に、彼は立ち止まり、そして声を落として言う。

「魔族を討伐することは至上の名誉だ。僕は全てを手に入れるだろう」

「……どういう意味？」

尋ねても、ブランドは悠然と笑みを浮かべるだけ。勿体《もったい》つけるようにして、彼は言う。

「シュヴァイク家の人間……貴族である僕が、国王陛下の希望を委ねられる存在となる。リスティ、君のことも側室くらいにはしてあげられるよ」

「……っ」

ブランドは、私がノイエリースであることは知らない。

けれど彼がフォーチュンに侵攻した魔族を倒し、塔の魔族を討伐までしてしまったのなら――私は、彼と結婚しなければならなくなる。

「貴……様ぁ……っ！」

プラチナが動こうとする――私のために怒ってくれている、それでも私は、彼女を止めなければならなかった。

「プラチナ、挑発に乗っちゃ駄目。私は、大丈夫だから」

「プラチナ、君は冒険者にはあまり向かないようだが、見目はなかなかだ。そんな稼業《かぎょう》を続けていないで、もっと別の仕事を考えてみないか？」

私のことは何を言われてもいい。

けれど、大切な友達を侮辱することだけは許せない。

「ブランド……ッ！」

——その時、何が起きたのか、すぐに理解はできなかった。

ブランドがプラチナに差し出した手を、私より先に、ナナセがその手で払っていた。

「プラチナさんは私たちの大切な仲間です。彼女がどれだけ勇敢に戦うか、あなたは知っているんですか？」

「……君の名前は？」

「ナナセです。覚えなくてもいいですが」

「いや、覚えておこう。僕は強気な娘《こ》も嫌いじゃないんでね」

ブランドがナナセに払われた手を嬉《うれ》しそうに撫《な》でる——ナナセは悪寒《おかん》がしたみたいに、ぶるっと身体を震わせる。

「……誠に、申し訳ない」

ブランドの後に続いて立ち去る前に、メルヴィンさんは小さな声でそう呟《つぶや》く。ドロテアさんの表情は見えなかったけれど、かすかにこちらに頭を下げたように見えた。

集まっている人たちは、私が一瞥《いちべつ》すると、慌てたように散らばっていく。

「……リスティ、ナナセ、ありがとう。私の誇りを守ろうとしてくれて」

「何なんですかあの人、リスティさんたちを勧誘する目的って、やっぱりああいうことだったんじゃないですか。他のお二方は心配ですけど、あの人は危ない目に遭《あ》っても自業自《じごう じ》得《とく》じゃないですかっ」

「だが、ブランドもブルーカードのパーティの一員として仕事をしたなら腕に覚えがあるのだろう。メルヴィンとドロテアといったか、あの二人はより腕が立つのだろうが」

あの三人が魔族を倒せるのなら、歓楽都市に魔族の手が及ぶことは防げる。

──守備隊をものともしなかった魔族。まだブルーカードになったばかりの私たちで、勝てるかどうかは分からない。

自信があるというブランドたちに任せればいい。プラチナとナナセ、二人がいるのに危険を冒せない。

「魔族が近くにいる……そう聞いただけでも、震えている」

「……プラチナ」

プラチナの右手が震えている。けれど彼女は、その上に左手を重ねて、ぎゅっと握る。

「彼らが討伐依頼を受けられるのなら、それはブルーカードの私たちも同じだ」

プラチナに、はっきりと伝えたことはなかった。

私が剣の稽古をしたかったのは、冒険者になりたかったのは――強くなりたかったのは、どうしてなのか。

「この街を守るために戦いたい。あれだけのことを言われて、大人しくしてなどいられるものか」

「……私も。もっと時間が欲しかったなんて、もう言っていられないわ」

「私を置いていっちゃ嫌ですよ。レベルは一つ低いですけど、とっておきの切り札だってあるんですから」

魔族のことが怖くないわけじゃない。けれど挑発されて、冷静でいられなくなっているわけでもない。

「あの男に目にもの見せてやろう。私たちの――」

プラチナが途中で言葉を止める。彼女の視線が、私の後ろに向けられている。

振り返ると、そこには。何でもないような顔をして、マイトが立っていた。

「……マイト」

名前を呼んで、その後に言葉が続かなかった。

彼には悲愴《ひそう》さも何もなくて、その姿を見ているだけで、気持ちが安らぐ――頼りすぎてはいけないと自分を戒めても、どうすることもできない。

「どうした、そんな顔して。三人とも、死にに行くみたいな顔してるぞ？」

「っ……そ、そんなつもりはないのだが」

「マイトさんならもう知っていそうですが、フォーチュンの危機です。西の砦が魔族に占領されちゃったんです……っ」

「そうか」

「……えっ」

すごくあっさりした答えだった。思わず声を出してしまった私を見て、彼は笑う。

「ギルドに討伐依頼が入ったんだな。それなら、一仕事してくるか……危険はあるけど、みんなのことは俺が守るよ」

すごく難しいことを、簡単なことのように彼は言う。

けれど、いつもそうだった。

マイトは困難なこと、不可能に見えることでも、全部可能にしてしまう。

彼の隣に並べるような、そんな資格はまだ私にはない――それでも。

いつか追いつけるように、歩き続けたいから。

「これから魔族と戦うことになるが……どうする？　……一緒に行くか？」

「「はいっ！」」

プラチナも、ナナセも、気持ちは同じだった。その返事を聞いて、マイトは歩き出す。

――やっぱり主様《あるじ》からは目を離せないな。

どこからか聞こえた声に、マイトは気づいていないみたいで――けれど私には分かっていた。あの子《ウルスラ》も、彼と一緒にいたいのだということは。

4　二つの経路

シュヴァイク家には六人の正式に認められた嫡子がいる。

大陸西部の広大な版図のうち、シュヴァイク家は歓楽都市フォーチュンの周辺を領地として与えられている。

王都にいる貴族たちは王都の外にも領地を持っている。シュヴァイク家はその中には入り込めておらず、伯爵家の中でも蔑《ないがし》ろにされている。

シュヴァイク領はレベル帯が低いとされているが、この西大陸でのレベル上限は共通である。

外敵の脅威が少ないこの土地の住民は、レベルを上げる機会を得られないために弱くなる。魔物との戦い、あるいは訓練に明け暮れてようやくレベル5になる程度だ。

先に生まれた兄たちは、僕――ブランド＝シュヴァイクよりレベルが低い。

彼らは剣を振ることもなく、今の状況に甘んじていることに疑問を持たない。議院に席を持たない僕らの家を、王都の連中は蔑んでいるのに。

歓楽都市の盗賊ギルドは、シュヴァイク家の目としての役割を果たす代わりに、組織として活動することを許されている。彼らを王都に送り込んだのは、最近王都の貴族たちが浮き足立っているという知らせが入ったからだ。

魔族の襲来。それを知った父、そして兄たちの判断は、今までと変わらなかった。王都の対応を待つだけの様子見だ。

これは、好機だ。

僕は兄たちより強くなるために、父に頼み込んで冒険者として活動してきた。条件は従者と必ず共に行動することだ。

従者たちはかつて海の向こうに渡った経験があり、フォーチュンのギルドで彼らに並ぶ猛者《もさ》はいない。

王都を脅《おびや》かす魔族を倒すことができれば、僕の求めているものが手に入る。田舎貴族と僕らを蔑んでいた人々を見返すことができる。

この戦いは過程に過ぎない。メルヴィンとドロテアの二人ならば、下級魔族には勝てるはずだ。

歓楽都市を救った英雄として名声を得たあと、王都をも救う。末弟である僕を侮《あなど》っていた兄たちも、僕を認めざるを得なくなるだろう。

今までの人生で最も昂揚《こうよう》している。初めて魔物と戦った時もこうだった、これから全てが上手《うま》く行くのだと思った。

「爺《じい》、魔族の砦《とりで》まではどれくらいかかる？」

「おそらく、昼の鐘が鳴るほどまでには」

メルヴィンが御者をする馬車で、僕たちは魔族のいる砦に向かっている。途中で襲われることを警戒してか、幌《ほろ》の中からドロテアは外を睨《にら》んでいる。

「このまま進めば、魔族の魔法で狙われるかもしれません。ある程度砦に近づいたら、馬車を隠して進むべきでしょう」

「そんなことをする必要があるのか？　狙われてもむしろ、敵の位置が分かりやすくなるだろう。爺、止まらずに進めよ」

「……私とドロテアは護衛にございます、若」

メルヴィンは多くを言わないが、そう諫言《かんげん》を受けて聞かないわけにもいかない。しかし、胸には焦げるような苛立《いらだ》ちがある。

「二人とも、主に逆らった罰は受けてもらうぞ」

「……畏《かしこ》まりました」

ドロテアの返事は歯切れの良いものではないが、彼女はいつもこんなものだ。

この二人がシュヴァイク家に尽くしているのは先代の恩だと言うが、利用できるものは利用する。僕にとってはただそれだけのことだ。

「──若、前方に魔物が出現しました」

メルヴィンが低く、しかしはっきりと通る声で報告してくる。僕が何かを指示する前に、ドロテアは速度を緩めた馬車から出ていった。

「グルルッ……！」

「──おおおっ！」

敵は狼《おおかみ》──ただの野生動物が、人通りの消えた街道にまで出てきたのか。メルヴィンは馬を守るために、飛びかかってきた狼を剛腕で弾《はじ》き飛ばしている。

「チッ……爺、ドロテア、僕も出るぞ！」

砦はまだ見えてもいない。こんなところで足止めを食うわけには──そんな焦《あせ》りを嘲笑《あざわら》うように、森の奥からは後続の獣が姿を現していた。

◆◇◆

歓楽都市の西門には封鎖がかけられるところだったが、ギルドの依頼で魔族討伐に向かうと言って通してもらった。

「君たちのように若い冒険者に、危険を冒させるのは……」

「大丈夫です、自分の責任は自分で取りますから」

「……すまない。どうか無事に戻ってくれ」

門を出てしばらく進む。林の中の街道――いつもなら商人や旅人が通っているのだろうが、西の砦が占拠されたことで人の行き来は絶えている。

「マイト、どうするの？」

「このまま進むと、先に行ったブランドたちに会うのではないか？」

「フォーチュンの西にある砦なら、行ったことがある」

「そうなんですか？　王都に行く時に通ったとか、そういうことですか？」

「そうだな。街道に沿って進むと遠回りになるが、実は森の中に抜け道があるんだ。まあ、虫刺されとかが気になるなら街道を進むが……ん？」

ナナセが何か、腕を組んで『ふんすっ』としている。そして彼女は、腰につけているベルトのポケットから何か取り出した。

「虫刺され防止の塗り薬です。手首足首に塗ると、虫が寄ってこなくなります」

「おお……ナナセ、そんなものを持っていたのか？」

「はい、昨日ムーランの実を見たらレシピを思いつきました。食べられない種の部分を使ってるんですよ」

「っ……そ、そんな用途があるのか？」

「ほとんど香りがしなくて、これなら使いやすいわね」

もはやその果実の名前を聞いただけで身構えてしまうが、ナナセに勧められて俺も手首に付けてみる。

「これで準備万端です。マイトさん、道案内をお願いしますね」

「ああ。俺が手を上げたら止まって物陰に隠れてくれ、魔物との戦闘は避けるからな」

三人が頷《うなず》く。俺たちは早々に街道を外れ、森に入っていく——前に通ったのは随分と昔だが、獣が通るために使われている道を辿《たど》ることができた。

◆◇◆

歓楽都市の西門を出て半刻《はんとき》ほど。森が途切れ、高台に出た。

「ひぇっ……こ、この崖を進むんですか？　足を踏み外したらおしまいですよ？」

「命綱をつけておく……ってのは冗談で、この下までは俺が一人ずつ運ぶ」

「い、いいのか？　ナナセとリスティはまだしも、重装備の私は……」

「時間をかけると鳥の魔物に気づかれる可能性もある……じゃあ、誰から行く？」

「……私から行くわ。お願いね、マイト。でも、私も頑張れば自分で……きゃっ……！」

全部言い終える前にリスティを担《かつ》ぎ上げ、崖の足場になる部分を飛び移りながら下に降りていく――一気に降りてもいいが、怖い思いをさせすぎてはいけない。

「よっと……足場を間違えると大変なことになるからな」

「……あなた、山の角鹿の生まれ変わりか何かなの？」

「それは言えてるかもしれないな」

「そうやって涼しい顔で……う、ううん、ごめんなさい、急がないとね」

崖の上に戻った俺を見てプラチナもナナセも顔が引きつっていたが、怖ければ目を閉じていてもらうことにして一人ずつ運び終える。

「ふぁぁっ……ちょ、ちょっと危ないですよ、別の意味で……」

「う、うむ……胸がひゅんっとするというか、生きた心地のしない感覚だな……」

盗賊は道なき道を見つけることも仕事の一つだが、技能が使えなくても経験だけでいけるものだと確認する。

「でも、おかげでもうすぐそこね……西の砦は」

「それも裏手に回ることができているな。マイト、そこまで考えていたのか？」

「いや、俺も何でも分かってるわけじゃないけどな」

「裏道を通ってきたらこうなったっていうことですね。ここからどうすれば……」

「そうだな……」

砦の周辺に何匹か狼がいるが、あれは野生の狼ではなく、魔族の眷属《けんぞく》だ。

人狼《ウェアウルフ》――魔族は獣の要素を持っている者がいて、眷属として獣を従えている。事前に情報が入っていないことからすると、眷属を使うまでもなく砦を占領したことになる。

（アースゴーレムと同等の強さか、それ以上ってこともあるか……さて）

砦の裏側にある扉。さすがの俺も石壁を破壊するのは骨が折れるので、出入り口を使わせてもらいたい――だが、おそらく施錠《せじょう》されているだろう。

「ちょっと待っててくれ、開くかどうか調べてくる。向こうにいる狼には、ここで待ってれば気づかれないだろう」

「あっ、マイト……」

（いけるか……？）

狼の索敵範囲は人間よりはるかに広い。匂いに気づかれない距離からコインを飛ばす――これでは弾き飛ばしてしまうから、別の方法を使う。

「｢――キャンッ｣」

索敵範囲のギリギリ外から瞬時に接近し、手刀で気絶させる。二匹までなら難しいことではない。

そのまま砦の裏口に張り付く。どうやら仕掛け扉のようだが、見ただけで『開けられる』と分かった。

――『ロックアイI』によって『魔力の扉』のロックを発見――

（魔力で開く扉なら、開けられるのか……こいつは助かる……！）

魔力で鍵を生成し、扉に当てる――それだけで、仕掛け扉がゆっくりと開いた。

内側に誰もいないことを確認し、リスティたちを呼び寄せ、扉の中に入る。身を低くして移動してきた三人は息を切らしていたので、落ち着くまで待った。

「（――待った。敵がこっちに来るな）」

「（っ……！）」

指を立て、リスティたちに音を出さないよう指示したあと、俺は物陰から様子を窺《うかが》う。

姿が見えたのはコボルド。持っている短刀は赤黒い血で汚れている――守備兵《ガード》との戦闘によるものか。

「――ギャフッ！」

コインを弾いてコボルドの鼻先に当て、昏倒《こんとう》させる。おそらく砦の中に残った兵を探して回っているのだろう、すぐ近くに倒れている兵士がいた。ナナセから回復のポーションを受け取り、兵士に飲ませる。

「傷は深くないな。話せるか」

「……ああ。あんた、一体……」

若い兵士は目を開ける。どうやらさっきのコボルドから斬撃を受けたようだが、幸いにも出血は多くなかった。

「俺たちは冒険者ギルドで依頼を受けてきた。これから魔族を掃討する」

「……無理、だ……あんな化け物……敵《かな》うわけが……」

「結果で証明する。魔族は何体か分かるか？」

「二体……奴《やつ》らは……城壁を乗り越えて、来た……俺たちの仲間を捕らえている……」

「そうか。少し隠れていてくれ、すぐに済ませる」

逃げろと言いたかったのか、兵士は苦しげに言葉を飲み込む。

「……表には回るな……魔族の一方が正門に向かうのを見た……」

兵士に肩を貸して隠れさせたあとで、俺は三人に状況を伝える。

「砦《とりで》の中にいる魔族を倒す……外にいる魔族に気づかれず、各個で撃破すべきだな」

「人質を取られてるのね……砦の人たちは、それで抵抗できなくて……」

――もし私たちが負けるとしても、誰かを見捨てたりはしない。

――世界を救おうっていうのに、目の前の人を助けられないのは寂しいものね。

――合理的な判断ではありません。それでも私は否定できません。

実力に大きな差がなければ、人質を救出し、さらに勝つというのは難しい。

だがそれを可能にする力があるなら、成し遂げなければならない。仲間たちが何を望むかも、短い付き合いではあるが分かっているつもりだ。

「生き残りは救出する。そして、砦の魔族を排除する」

「マイト……」

ことがある」
「俺たちも無事に帰る。それを最優先にしたいところだが、みんなにもやってもらいたい
俺が一人で全てをやる、それではパーティとは言えない。
今言った三つに加えて、リスティ、プラチナ、ナナセの三人を、この依頼を通して成長
させる。そこまでやってこその『賢者』だ。
「本当に、それ全部を……マイトさん、私たちにできるんですか」
「ああ、全部だ。俺は強欲だから」
三人の緊張を少しでも和らげられればと思って言うが――上手《うま》くいってくれたのかは、
なんとも言えない。
ただ、三人は俺を見ている。疑うような目はしていない。
「それは強欲とは言わない。何と言えばいいのか、言葉を見つけておかなければな」
プラチナの言葉に頷き、俺たちは動き出す。まず敵に気取られないように人質の安否を
確かめ、すみやかに砦内の敵を掃討する――重要になるのは、何よりも速さだ。

5 潜入

進むうちに、焼けた肉のような匂いがする。小窓から中を覗《のぞ》くと、そこには男性が二人、

女性が二人捕まっていた。

「（……砦の料理番が捕まってる。コボルド二体が部屋の中にいるな）」

「（っ……すぐに助けなければ……！）」

プラチナの言う通りだ。このまま中の様子を窺っているという余裕はない――中の事態が悪い方向に向かっている。

「や、やめろ……やるなら、先に俺をやれ……っ」

「グルル……」

「ガルルッ」

コボルドの言語は単純で、唸《うな》るような声には敵意が込められている。負傷している四人の血の匂いも、コボルドを興奮させているようだった。

「（プラチナ、奴らの気を引いてくれ）」

「――こちらを見ろ、野犬どもっ！」

プラチナは小窓に向けて声を張る。同時に、俺は手の中に鍵を作り出していた――建物の中に入るための扉を開ける鍵だ。

「「グォッ……!?」」

コボルドたちの注意がプラチナに引き付けられる。『ロイヤルオーダー』の技『身代わり』は敵の注意を引き付ける技だが、プラチナの姿が見えないためにコボルドに大きな隙を作ることができた。

扉を開けて中に滑り込む。コボルドがこちらに向き直る前に、コインを二発同時に飛ばす。

「ギャンッ！」

「ヒギャッ！」

二体ともがその場に昏倒する――テーブルに突っ込みそうになった一体は、倒れ込む前に足で受け止めた。大きな音を立てるわけにはいかない。

「（よし、みんなも入ってくれ）」

小声で呼ぶと仲間たちが入ってきて、縛られていた料理番たちを解放する。

「大丈夫ですか、このポーションを飲んでください」

「い、いえ……助けていただいて、そんなことまで……」

「料理長が、私たちの代わりに……彼が、一番重い傷を……」

「砦を解放するまでもう少しかかります。全員治療はしておいたほうがいいでしょう」

「きっと助けますから、安全なところに隠れていてくださいね」

リスティがそう声をかけると、四人の緊張が少し和らぐ。窮地を脱したと自覚できたからか、涙を流す人もいた。

四人につけられていた足枷《あしかせ》を外し、逆にコボルドにつけてやる。眷属は主《あるじ》である魔族を倒せば召喚を解除されて元いた場所に戻るので、ひとまず無力化しておけばいい。

「このコボルドが、守備兵のみんなを……っ」

「ここでとどめを刺すと、魔族に気づかれます。捕まっている人を無事に解放するためには、隠密《おんみつ》行動に徹する必要がある」

「……分かりました。ですが、私たちもそれなりの訓練は受けています。このコボルドが暴れたら、その時は……」

「それは頼もしい。四人とも、どうかご無事で……」

「待った、プラチナ。皆さん、この砦の見取り図とかはありますか？」

格好をつけて立ち去りかけたプラチナは、引き止められて赤面している。少し申し訳ないが、現地の協力者から情報を得るのは敵地潜入のセオリーだ。

「砦の見取り図は……ここにはありませんが、向こうの通路に出て進んだ先……番兵詰め所にあるはずです」

「ありがとう、とても助かります」

「い、いえ……すみません、先程から気になっていたのですが、とてもお若いのですね」

「目にも留まらぬ早業でしたが、コボルドは魔法で倒したんですか？」

「ええと……まあそんなものです。俺は賢者ですから」

できるなら攻撃魔法も習得したいが、今のところ『盗賊』の延長線上にある魔法しか覚えられていない気がする。

「さて、俺はまず見取り図を取ってくる。敵に発見されずに戻ってくるだけだから、少し待っててくれ」

「それが物凄《ものすご》く難しいと思うんですが、マイトさんならやっちゃいそうですね」

「ふふっ……そうね、やっちゃいそうね」

俺は教えてもらった出入り口から通路に出ると、忍び足で進んでいく——番兵詰め所にも施錠《せじょう》がされていたが、魔法による鍵開けはもはやお手の物だった。

中に入って静かに扉を閉める——すると、どこからか小さな声が聞こえてくる。

「お許しくださいお許しください……私はただの庶務係で……っ」

番兵詰め所には休憩に使うものか、ベッドが置かれている。

何気なく、その下を覗き込んでみると——。

「（うわっ……！）」

頭から突っ込んで隠れていたということか、眼前にスカートが見える——直視するわけにいかず、いったん引いて間合いを取る。

「……急に入ってきてすみません、落ち着いて聞いてください」

「ひゃ、ひゃぃっ……あ、あれ？　敵じゃない……？」

「俺は敵ではありません、歓楽都市のギルドで依頼を受けて来ました。今、砦を占領した魔族を倒そうと動いています」

「ちょ、ちょっと待っていただけますか。ずっとこの姿勢でいたので……」

「分かりました、俺は他のところを見てるので」

詰め所の机の上には日誌があるが、今日の分は書かれていない。棚を調べてみると、紐《ひも》で巻かれた紙が見つかる――砦の見取り図だ。

「あ、あの……出られましたが……」

「ああ、無事で良かった。鍵は外側から掛けられていたようですが……」

ベッドの下に隠れていた女性は、声の印象よりは大人びた容姿をしていた。見るからに憔悴《しょうすい》しているが、話が聞けないほどではない。

「砦に襲撃があったと守備兵の皆さんが言っていて……それで、私にはここに隠れているようにと」

「ここに敵が来なかったのは幸いでした。もう少しで砦を解放できるので、引き続き隠れていてください」

「わ、分かりました。私に何かご協力できることはありますでしょうか……？」

「できれば教えてほしいんですが、この砦に、隠し通路はあったりしますか？」

「っ……そ、そうですね、非常事態ですから。ええと、二階に上がる経路は正面階段以外にもこちらにあります。ここの仕掛けを動かすと梯子《はしご》が降りてくるんです」

敵に認識されていない経路であれば、利用しない手はない。あとは魔族がどこにいるかだが――すでにだいたいの位置は把握できている。

俺たちがいる場所の頭上。魔力を感じられるようになった今、魔族が力を誇示するタイプなら難なく察知できる。

「俺が外に出たら再び隠れていてください……と言いたいですが、ベッドの下ではすぐに見つかるでしょう。鍵を閉めていれば問題ありません」

「っ……そ、そうですよね。すみません、お恥ずかしいところを」

「い、いえ、俺こそすみません」

「いえいえ、こちらこそ……」

延々と謝り合いになりそうなので、何とか切り上げて詰め所を出る。

彼女も半日以上あの詰め所の中にいると問題が色々生じてくるだろうし、そういった意味でも急がなくてはならない。

◆◇◆

三人に隠し経路の件を伝え、移動を開始する。コボルドは死角からコインを飛ばして倒していく——跳ね返ってきたコインをキャッチするたび、仲間たちが感心している。

「……その、毎回音を出さずに拍手するのをやめてくれるか」

微妙に照れがあるのでそう頼んでみると、リスティたちは口に指を当てて静かにしているというアピールをしつつ頷《うなず》いていた。なんとも緊張感が緩んでしまう。

さっきの庶務係の女性が教えてくれた仕掛けがある場所まで来たが、仲間たちには何もないように見えているらしく頭に疑問符を浮かべている。俺はいつかの指導の続きのような気持ちで、仕掛けの探し方を教えることにした。

石壁にわずかな起伏、これを押し込むと——頭上から梯子が降りてくる。

「「「……！　……！」」」

三人がまたも無言で称賛している。もう注意する気も起きないというか、これがこのパーティのペースだと思うことにする。

「この仕掛け……フォーチュンの家にも似たようなものがあったな」

「このあたりの建物を作るとき、好まれている仕掛けなんでしょうか？」

「マイトは確実に仕掛けを見つけてくれる。やはりパーティには不可欠の人材だ」

「プラチナ、梯子を登るときは防具を外したほうがいいんじゃない？」

「私はそのままでも登れるが……」

「いや、少し気になることがあるからいったん外したほうがいいな。俺が持って先に登ろう」

「う、うむ。マイトがそう言うのなら……」

プラチナが上半身の装甲を外し、俺はそれを持って梯子を登っていく。危惧したとおり、二階に繋《つな》がる出口が少し狭くなっていた。鎧《よろい》だけなら通るが、着けたままとなると話は変わってくる。

「はぁっ、はぁっ……マイトさん、よくひょいひょいと登れますね……」

「んしょっ……あとはプラチナね」

ナナセとリスティが登り終え、最後はプラチナ——というところで。

出口にむぎゅ、とプラチナが挟まってしまう。挟まった当人も、見ている俺たちも言葉を失うほかはない。

「……んっ。んぎぎっ……ち、違う……私は鍛えているからな、筋肉が……」

「そんなこと言ってる場合じゃないです、誰か来ちゃったらまずいですよっ」

「む、むう……仕方がない、マイト、引っ張ってくれ」

そう言われてもどこを持てばいいのか——迷っている場合ではないので、両脇の下に手を入れる。

「ふぎゅっ……ど、どこに手を入れているのだ！」

「ど、どういう声を出してるんだ……ここ以外に持ちようがないんだ、我慢してくれ」

「くっ、殺せっ……うぬぅぅっ……！」

人聞きの悪いことを言われつつも、プラチナの身体《からだ》を引っ張り出す。彼女が再び鎧を身に着ける間はなぜかリスティに手で目隠しをされた。

「男の子一人だけのパーティって、面倒だなって思ってない？」

「そんなことはない……というか、今のに関しては仕方ないからな」

「サラシを巻いても引っかかるのだから、もっと強く巻かなくてはな」

あまり無理しないほうが——などと言っている場合ではない。

誰かの苦鳴が聞こえてくる。それが聞こえた瞬間、俺たちは無言で頷きを交わし、動き始める。

他のコボルドよりも強い個体が守っている部屋の中。見取り図では守備隊《ガード》の隊長室とされていた部屋から、苦鳴は聞こえている。

(眠りの魔法でも使えれば楽なんだが……泣き言は言ってられないな)

コボルドが一瞬だけ気を逸《そ》らした瞬間に一気に距離を詰め、後ろから首に腕を絡めて絞め落とす。そして俺は、扉の陰から室内を見る──そこでは。

「ぐぅ……ぁ……ぁぁ……っ」

──やはり、人狼《ウェアウルフ》。

椅子に縛り付けられた男の首に牙を突き立てている──それは魔力を吸う行為なのだと、今の俺ならば理解できた。

「この砦《とりで》にいる人間は弱すぎる。フォーチュンとやらも難しくはないな」

「ゾラス様、残りの捕虜はいかがなさいますか？」

人狼の魔族に眷属《けんぞく》のコボルドが尋ねる。コボルドにも言葉を解するものがいるということだ。

「低レベルの人間とはいえ、お前たちにとっては良い餌になる。地下牢《ちかろう》で飼っておけ」

「はっ。ただちに下級兵たちに命じます」

「お前も好きに捕虜を選んで糧《かて》としておけ。ラクシャが戻った時のためにレベルの高い個体は残しておけよ」

「ラクシャ……あの女は信頼できるのですか？　勝手な行動が多すぎますが」

「好きにさせておけ。気嫌を損ねると味方でも殺すぞ、あれは」

「っ……はっ、重々肝に銘じておきます」

ゾラスだけでなく、もう一体魔族がいる――そちらも倒さなければ、フォーチュンの脅威はなくならない。

「……あ、あの狼《おおかみ》みたいな魔物……あんな強いのが、どうしてこんな所に……？」

ゾラスのレベルを見ただけで判別はできないが、ナナセが動揺している――リスティとプラチナも言葉を失っている。

ブルーカードの冒険者が戦うような相手じゃない。だが、こんな事態は往々にして起こる――人間が縛られるレベル帯を無視して、強力な魔物が現れることは。

特に魔族はそうだ。魔竜討伐に向かう途中にあった魔族に支配された国では、レベル帯が30に対して侵略した魔族は50を超えていた。

アースゴーレムと同等か、それ以上の威圧感を持っているゾラスのレベルは恐らく――20前後。フォーチュンにゾラスと眷属が攻め入れば、一日も経《た》たずに占領される。

――この世界は、決して均衡が取れていない。

――私たちに対して、何者かが試練を与えているような……錯覚かしらね。

ファリナとシェスカさんの言葉を思い出す。もし俺がここにいなければ、ゾラスを倒せる誰かがいなければ。

だが、俺がここにいる。魔族退治を依頼された冒険者として。

「あの人狼の魔族は、みんなでまともに戦えば倒せる。俺が注意を引くから、三人は部屋の中にいる捕虜の救出に回ってくれ」

「大丈夫なのか、マイト。あの魔族は今まで戦った敵とはまるで違う」

「ああ、心配ない。『みんなで戦えば』って言っただろ？」

「っ……そ、そうか……それはそうだな。マイトは私たちも戦わせてくれようとしているのだな」

「ちゃんと期待に応えられるように頑張るから、一緒に戦わせてね」

「普通の狼と同じだとは思わないほうがいいな。あいつの防御を破るには、魔力を込めた攻撃が必要になるが……俺のコインで一撃とはいかない」

一つ考えられるのは、アースゴーレムの弱点を刺し貫いたリスティの剣――魔力で動いているアースゴーレムに通じた武器だ、魔族にも通用するかもしれない。

だが、他にも何かがある。本能が訴えかけている、今の俺にはゾラスを倒す方法があると。

「分かったわ。私たちは私たちの役割を果たすから」

「捕まっている人を救出するのは私に任せてくれ」

「わ、私は……ここで役に立つことって、何かあります……？」

「何を言ってるんだ、あれがあるだろ。俺はあれ、すごく使えると思うぞ」

「え……あ、あれって、もしかして……」

全員に果たせる役割がある、それがパーティだ。

突入までの時間を、俺は指を折って数えていく。この戦いが砦奪還のための正念場だ。

6　賢者のやり方

ゾラスと会話していたコボルドが、捕虜の一人に近づき——鋭い犬歯を持つ口を開く。

「ひぃぃっ……‼」

だが、それは俺に隙を晒《さら》す瞬間でもあった。

「ガファッ……‼」

飛ばしたコインがコボルドの上顎に命中する——その瞬間部屋に走り込む。

敵のコボルドは左右にあと二体、捕虜に向けて山刀を振りかざそうとする——だが。

「グルァッ……！」

「ガッ……⁉」

もう二発のコインでコボルドの武器を飛ばす。次の瞬間、部屋の奥にいたゾラスが動いた——俺に向けて、短剣のように発達した爪を繰り出してくる。

「なっ……⁉」

こちらを仕留めたと思っていたのか、空振りしたゾラスは明らかに面食らっていた。

（遅すぎるが……だが魔族だ、何かある……！）

「ガルァァアッ……‼」

「——これ以上の狼藉《ろうぜき》はやめなさいっ！」

リスティが放つ声——同時に放たれる『気品』でコボルド二体が動きを止める。直後にリスティが駆け出し、同時にプラチナが盾を構えてコボルドに肉薄した。

「やぁあっ！」

「——このぉおおっ！」

「グォォッ……‼」

「小娘共がっ……英雄にでもなったつもりか……っ、ガァァアッ！」

（やはり来るか……！）

人狼の放つ咆哮《ほうこう》は敵を威圧する手段でもあり、同時に自らの力を開放させる――そしてコボルド二体の目が赤く輝く。

「下等な人間のみが存在する地のはずだ……なぜここまで入り込めた……？」

「さあな。そっちが思うよりは苦労はしなかったよ」

「っ……この付近にはレベル5以下の塵《ごみ》しかいない、奴《やつ》はそう言っていたぞ……！」

「誰かの手引でここに来たのか？　この地域なら支配できると思ったのか」

挑発したつもりはないが、ゾラスはギリ、と奥歯を鳴らす。コボルド二体もまた、リスティ、プラチナと対峙《たいじ》しながら口から涎《よだれ》を垂らしていた――人語を解するようなコボルドでも、やはり魔物は魔物だ。

「少しはやるようだが、所詮は蛮勇だ。貴様は首輪でも付けて飼ってやろう……魔力の供給源としては物足りんがな」

「……そいつはあいにくだな。まだ『賢者』に転職したばかりなんでね……！」

「――喰《く》らいつくせ、眷属共！」

ゾラスが息を吸い込み、再び咆哮する――まさにその瞬間。

パシャッ、と一体のコボルドの鼻先に投げつけられた小瓶から液体が降りかかる。誰もが茫然《ぼうぜん》としている中で、もう一体のコボルドにも瓶が投げつけられた。

「グォッ……オォォッ……！」

「ウガッ……ゾ、ゾラス様、これは……っ」

グギュルルル、と盛大な音が鳴る——コボルドたちの腹から。

「私の特製、お腹《なか》が空《す》くポーションです！　腹ペコであればあるほど気が散って動けなくなりますからね！」

魔力に飢えていたコボルドにもナナセのポーションが通用している——二体が気を取られている間にリスティが剣を抜いた。

「私の新しい技……今なら……！」

——『リスティ』が『ブレッシングソード』を発動——

「——やぁぁぁあっ‼」

「グフォォッ……！」

剣を胸に当てて祈るような仕草——その後に繰り出された剣による突きは、細身のリスティから繰り出されたものとは思えない威力が込められていた。

「負けてはいられない……私の技も見てもらおう……！」

「グルゥァアアアッ‼」

――『プラチナ』が『ロイヤルガード』を発動――

「はぁぁあっ……！」

「ウゴォォッ……⁉」

コボルドが叩《たた》き下ろした武器を弾《はじ》き、無防備になったところに盾による打撃を叩き込む。

反撃を予想していなかったコボルドは立ったままでたたらを踏み、武器を取り落とした。

「ゾラスって言ったか……他の眷属を呼び寄せなくていいのか？」

「――グァアアアォォォォッ！！！」

ゾラスの身体《からだ》が急激に巨大化する――まとっていた鎧《よろい》が弾け飛ぶほどの『獣の暴走』による身体強化。

巨大な狼そのものとなったゾラスが俺に向けて爪を振り下ろす――避けるのは造作もないが、直感で紙一重よりも大きく避ける。

「――オレの爪は鉄の鎧も切り裂く……そこに転がっている塵と同じ、ボロ屑《くず》にしてやる

「……！」

（人狼《ウェアウルフ》の技『斬鉄爪』……ファリナがお気に入りの鎧をやられて怒ってたな。だが、それは……）

俺が転職する前——レベル20だった頃の話だ。

確実に俺に爪が届いたと思っているゾラスを前に、俺は平然と立っている。

「ボロ……屑に……」

ゾラスが目を瞬《しばたた》かせて俺を見る。それほどに自信があったのだろうが、今のを喰らってやれるほど温《ぬる》くはない。

「何を……した？　オレが知らない技を使ったのか……？」

「その技は見たことがあるからな。実際の爪よりも魔力によって切り裂く範囲が広くなる……だろ？」

「ふざ……けるなっ、俺の爪が……こんな、こんな子供なんぞにっ……！」

絶え間なく俺に向けて繰り出される爪を、服も裂かれない間合いで避け続ける——一撃ごとに必殺のつもりだろうが、当たってはやれない。

俺の身体能力はレベル99の『盗賊』のままだ。ゾラスにとってはレベル2の賢者に攻撃を避けられている——ありえないことが現在進行形で起きている、それは精神的な動揺につながる。

「いつまで逃げ続ける……っ、俺を、俺をどこまで愚弄すればっ……グォォォッ……！」

「──なら、逃げないでやるよ」

振り下ろされた大振りの爪が石床を砕く──俺は宙を舞い、その上に着地する。

「な……ぁ……」

言葉をなくすゾラス。だがその目にはまだ余裕がある──攻撃しない俺に決め手がないと思っているのだろう。

「マイト……ッ！」

「いや……まだだ、リスティ！　マイトは……！」

「──オレを討つ術《すべ》も持たず、よくもここまで……だが愚かだ……っ！」

ゾラスが爪を引き抜き、目の前の俺に繰り出そうとする──だが。

──『ロックアイI』によって『黒狼《こくろう》のゾラス』のロックを発見──

生物・無生物の『ロック』を一つ発見する。それが『賢者』として俺が手に入れた力。

ゾラスの胸に鍵穴が見えている。繰り出された爪を避け、俺は駆け抜けながら『ロック』を開けた。

「何……を……貴様……」

仲間の錠前《ロック》を開ければ『封印解除』。敵ならばどうなるか——。

（これが『ロックアイ』のもう一つの力……そうか。そういうこともできるのか……！）

「……クッ……ククッ。何をしたか知らんが、所詮まじない程度の弱体術。人狼には無限の再生力がある……貴様がオレを倒すことは不可能だ……！」

「俺はいつも、仲間と一緒に敵を倒してきた。魔族もな」

「その三人に何ができる？　どうせ低レベルの塵だろう。そしてお前にも、オレに対抗しうる魔力など……」

「ああ、そうだな」

ゾラスの動きが止まる。そして俺が言ったことを言葉通りに理解したのか、牙を剝《む》いて残忍な笑みを見せる——だが。

「リスティ、プラチナ、ナナセ！　力を借りるぞ！」

「「「っ……!?」」」

——【白の鍵】によって取得した『技の目録』を顕現——

仲間の『ロック』を開けることによって、封印技を解放する。『白の鍵』という魔法の効果はそれだけだと思っていた。

自分の内側に宿る力を引き出す――その媒介となるのは、今まで開放した『封印技』を収めた『技の目録』だった。

「マイト、それは……っ」

「本……だが、一体どこから……」

「魔法です……っ、マイトさんの『賢者』としての力……！」

俺の右手に現れた本は、表紙に何も書かれていない。重さがあるようでない――だが中に何が載っているのかは、見なくても分かる。

「なんだ……魔法書……どこから……！」

ゾラスが動揺しているが、俺自身も今まさに理解している最中だ――普通とは少し違う、俺だけの『賢者』のあり方を。

（ゾラスを倒すために必要な力は、この本の中にある……そのはずだ……！）

――『プラチナ』の封印技『乙女の献身』を発動――

本を開いて発動したのは、前にも使ってもらったことのあるプラチナの技だった。

（封印技……封印を解いたとき、この『技の目録』に収められるのか……！）

「その技は、私の……三人同時に、発動している……？」

前回は手に触れて魔力を送り込んでもらったが、こうして鍵を開けて『繋《つな》がっている』ならば、近くにいるだけで魔力を送ってもらえる。

それだけではない。俺の身体に注ぎ込まれると同時に、魔力が増幅している――明らかに、四人の魔力の総量より多くなっている。

「何だ……その力は。ありえない……何を、している……？」

この魔力を攻撃に使う技――それもこの目録に収められている。『魔素合成』だ。

「お、おい……待てっ、やめろ！　なんだそのバカげた魔力はっ、そんな人間がこのレベル帯にいていいわけが……っ」

――『ナナセ』の封印技『魔素合成』を発動――

『魔素合成』は、調合素材として『魔素』を作り出す技。

俺の中にかつてない量存在している魔力を魔素に変え、それをコインに纏《まと》わせる――今まではただの物理攻撃でしかなかったコイン飛ばしが、圧縮された魔力の塊に変わる。

「魔族だけがレベル制限を外れてるってのは、都合がいい話だからな。悪く思うな」

「ウガァァァァァァゥッ‼」

――『黒狼のゾラス』が『ブラッディクロー』を発動――

自らの生命力――血を武器に変える、人狼の奥の手。相手の生命力が高いほどその威力は強まる、しかし。

指でコインを弾いた瞬間、撃ち出された魔力はゾラスの血爪と一瞬だけ拮抗《きっこう》し――一気に貫通し、後ろの壁まで突き抜けた。

「……ふざ……けた、力だ……なぜそんな人間が……塵《ごみ》に、紛れて……」

ゾラスの胸には大穴が開いている。血の色に染まったその目は、元に戻り始めていた。

「どんなレベルでも、人間は人間だ。塵だなんて言うもんじゃない」

「クッ……ソァァァァ……‼」

怨嗟《えんさ》の声を上げながら、ゾラスの姿が消えていく。魔力で作られた肉体を、もはや保てなくなっている。

「オレを倒しても、まだラクシャがいる……ここに向かっている人間共は、もう……」

「ああ、そっちも何とかしておく。情報ありがとう」

「グッ……最後まで、貴様は……気に食わん……っ」

ラクシャというのはゾラスの仲間のことだろう。人間共というのは、おそらくブランドのパーティのこと——彼らも魔族と戦うつもりでフォーチュンを出たのだから、迎撃を想定してはいたはずだ。

「我が主《あるじ》に……栄光……あッ……」

全て言い終える前にゾラスが消え、眷属《けんぞく》のコボルドたちも同時に消滅する。俺の手の中にあった本も消えた——必要な時にしか現れないようだ。

消滅した魔族が残す小さな宝石は、魔石と言われるものだ。ゾラスの魔石は討伐の証拠として拾っておく。

「なんだか、中途半端《ちゅうとはんぱ》なところで消えちゃいましたね。ちょっと可哀想《かわいそう》なような」

「さっきゾラスが言ってたのは、ブランドって人たちのことよね……」

「マイトの魔法についても気になっているのだが、どうやら急がねばならないようだな」

「そうだな。ブランドは俺たちに助けられたくはないだろうが」

「案外、彼らもラクシャという魔族を倒せているかもしれないが……それは希望的観測というものか」

「あ、貴方《あなた》がたは……凄《すさ》まじい強さのようだが、一体どこから……」

捕虜の一人が声をかけてくる。彼から話を聞くと、椅子に縛り付けられているのが守備隊長《ガード》だという。

意識のなかった守備隊長は、回復のポーションを口にすると辛《かろ》うじて意識を取り戻した。

「ぐっ……うぅ……狼《おおかみ》の魔物たちは……」

「俺たちが倒しました。魔族を倒したことで、眷属も全て消えたはずです」

「……ありがとう……私たちでは全く歯が立たなかった怪物を、倒してくれたんだな……そちらの鎧《よろい》の騎士がやってくれたのか……」

「？　私は何も……」

「はい、まあそんなものです。魔力を失っていますから、ゆっくり休んでください」

俺たちのパーティでは、一見して一番強そうなのはプラチナということだろう。彼女はしきりに照れていて、リスティとナナセも笑っていた。

「一つお願いがあるんですが、馬を貸してもらうことはできますか？」

「魔族たちは、守備隊の制圧を優先していた……厩舎《きゅうしゃ》の被害がないといいが……」

砦《とりで》の解放には成功したが、まだ仕事は残っている。ラクシャという魔族の動向を確認すること――それも、可能な限り迅速に。

7 銀と黒

魔物と遭遇してからどれだけ過ぎたか――絶え間なく森から現れていた狼が、突如として僕たちの眼前から消えた。

「はぁっ、はぁっ……一体、何が……」

「お気をつけください、若」

「魔物を倒したのではなく、消えたように見えました。魔族の魔法かもしれません」

メルヴィンとドロテアは警戒を解いていない――だが、僕にはそれが杞憂《きゆう》に見える。

「魔物を倒し続けたことで、敵も力を使い切ったんじゃないか？　メルヴィンとドロテア、一人あたり十体は倒しているじゃないか」

「眷属をいくら倒しても、魔族の消耗を意味するとは限りません」

「メルヴィン老の言う通りです、まだ私たちは勝っては……」

二人は何を言っているのだろう？　この状況を、僕たちが勝ったと考えないのが不思議でならない。

「僕の意見が聞けないのか？　魔物は消滅したんだ、これで勝ちじゃないか。そうだ、魔物の中に魔族が混じっていたのかもしれない。そうだ、きっとそうだ！」

高揚を抑えきれない。全て上手《うま》く行くのだから、何も心配などする必要はない。

僕らは勝った。フォーチュンを脅《おびや》かした魔族を討った僕らは、王都の脅威である塔の魔族など簡単に葬《ほうむ》ることができる。

「……若……その、目は……」

「目？　何を言っているんだ爺《じい》、まだ不必要な心配をしているのか？」

ドロテアがこちらを見ている――いつも気が強い彼女だが、ここまで上手くやった僕に対しては態度を改めざるを得ないだろう。

「ハハ……ハハハハハッ……とてもいい気分だ……僕はこの国の王になる……！」

「――いかん、ドロテア！」

「ブランド様、お気を確かに……！」

メルヴィンもドロテアも何を慌てているのか。ドロテアなど、この僕を睨《にら》んでいるように見える。

「……それは、殺気か？　この僕を誰だと思っている……僕はブランド＝シュヴァイク……シュヴァイク家の当主になり、この国の王になる人間だぞ……！」

「操られている……！　やはり魔物は我らの手で消したのではない、何らかの理由で消えたのだ！」

「くっ……若様、お許しください！」

ドロテアの姿が消える。そして次に彼女の気配が現れたのは僕の後方だった。

僕の目でドロテアの本気の動きを追うことは難しい。だが、従者が主人に逆らうなどあっていいわけがない。

「――はぁっ！」

「ドロテアァァァッ‼」

後方に振り返りながら剣を振り抜く。しかし僕がそうするまでもなく、ドロテアが繰り出した刃《やいば》は空中で止まっていた。

そうだ――『あの御方《おかた》』が防いでくれたのだ。彼女が僕を助けてくれている。

『ゾラスがやられたから、あんたたちに構ってる時間はもうないかも。手早く終わらせないとね』

――『黒妖《こくよう》のラクシャ』が『ダークパルス』を発動――

「――ああぁっ……!!」

ドロテアが黒い魔力の波動に弾《はじ》き飛ばされる。宙を舞った身体《からだ》は大樹に叩《たた》きつけられ、彼女はそのまま動かなくなる。

「僕に敵意を向けるなど……言語道断……許されることではない……」

「若……お気を確かに！　あなたの敵は我々ではない！」

『彼にはもう聞こえてないよ、私のものになっちゃったから。熱くなっちゃってるところゴメンね』

「やはり……っ、貴様が若を操っているのか……っ！」

どこからか聞こえてくる少女の声。鬼気迫る圧力をぶつけてくるメルヴィンを、風になびく葦《あし》のようにいなしている。

『彼女』は僕にとって崇拝すべき対象だ。メルヴィンが激昂《げきこう》してこちらに向かってくるが、僕はこの御方の盾にならなければならない。

黒妖のラクシャ、自ら名乗らなくとも分かる。彼女に服従する僕には。

「ぐっ……若、惑わされてはなりませぬ！　我らの使命は魔族を倒すこと！　互いに争うことなどでは、断じて……っ！」

メルヴィンの繰り出した鉄甲の拳を、僕は剣で受け止める。

苦しげな、けれどこちらに熱を持って訴えかける、眼前の老人の表情が――僕の中で、言いようのない違和感を生む。

「……爺……僕、は……」

「魔族の声になど耳を貸してはならない！　若、あなたはそれほど弱くは……っ」

この拳を僕が受け止めることができている。そのことに、かすかな違和感がある。

「お爺ちゃん、なかなか強いね。ザコしかいないこの辺りにしてはだけど」

「ぐ……うっ……」

眼前のメルヴィンの口に、赤いものが伝った。

僕の後ろにラクシャ様がいる。

彼女は闇がそのまま形を変えたような槍《やり》で、メルヴィンの胸を刺し貫いていた。

「――うぉおっ……！」

メルヴィンが槍を引き抜き、後ろに飛ぶ。

僕は彼がそれほどに焦燥している姿を初めて見た。

飛び退《すさ》り、こちらを見ているメルヴィンの姿が、とても遠く感じられる。

ラクシャ様は僕の横を通り過ぎ、メルヴィンを見ている。

僕よりも小柄なくらいの、少女のように見える姿。銀色の髪、人間には存在しない、頭部の角――そして、黒く滑らかな尾が生えている。

「レベル10。これで私とゾラスを倒すつもりだったんだ……人間って面白いよね」

「……若、お逃げください……この魔族は私がここで……」

メルヴィンに手をかざした彼女が何かをした。音が聞こえる――思えば、この音はこうして気づく前からずっと聞こえていた。

「貴様は……その術で、若を……っ！」

「お爺ちゃん、耐性あるんだ。でも、いつまでも耐えられないでしょ？」

「うっ……ぐ……おぉぉぉぉっ……‼」

――『黒妖のラクシャ』が『ヒュプノトーン』を発動――

この音を聞けば、メルヴィンとドロテアも正しいことを理解できる。

そのはずだ、それなのに。

「誰か見てる気配がするなあ」

ラクシャ様が呟《つぶや》いた直後、地面が揺れ、盛り上がる――彼女とメルヴィンの間を、一瞬でせり上がった土塊《つちくれ》が隔てる。

『ボクにできることはこれくらいだよ』

「地精霊魔法……かなりの使い手だけど、媒介がないとできるのはこれくらいだよね」

「──うぉぉぉぉぉっ！」

──『メルヴィン』が『バーストナックル』を発動──

ラクシャ様の音が壁によって遮断されたのか──それでも、壁の陰から出てくることは愚かな行為でしかないのに。

「な……んと……っ！」

繰り出されたメルヴィンの拳を、彼女は華奢《きやしや》な左手をかざしただけで受け止める。

拳が届いていない。魔力による防御は、彼女の周囲を常に守っている。

「──ぬぅぅぅぅっ！」

「私も起きてからそんなに経《た》ってないからね。慣らしに使ってあげる」

絶対的な力の差を、目の当《ま》たり《あ》にしている。土塊を操って干渉してきた誰かの気配はもう感じない。

成果のない攻撃を続けるメルヴィンを見ながら、僕は剣の柄《つか》を握り直し、静かに息を吐いた。

◆◇◆

砦の厩舎で馬を二頭借り、俺たちは二人ずつ分乗して駆けていた。

『この先だよ、主様《あるじ》。彼らが魔族と戦っている』

頭の中に直接響くような、ウルスラの声。それが聞こえてすぐに、俺たちはブランドたちのパーティを見つけた。

倒れているドロテア、そして剣を持って立ち尽くすブランド。メルヴィンと銀髪の少女が激しい戦いを続けている。

(あの子がラクシャ……いや、あれでもれっきとした魔族だ。メルヴィンを魔法で圧倒している……それにブランドも幻惑されている……！)

——ブランドが、メルヴィンに剣を向けた。ラクシャの攻撃を避けながら懸命に攻める機会を探すメルヴィンは、ブランドの動きに気づいていない。

「メルヴィンさんっ！」

精密に狙える射程ギリギリだったが、馬上からブランドの剣を狙ってコインを弾き飛ばす。同時に呼びかけたことで、メルヴィンさんが死角にいたブランドに気づいた。

「――若、失礼いたします！」

「ぐっ……！」

メルヴィンはブランドの首に手刀を入れ、昏倒《こんとう》させる――それしか方法がないのだろう。

リスティに手綱を握ってもらっていた俺は、馬から飛び降りて駆け出す――地面を踏みしめた途端に加速し、メルヴィンが相対している魔族に肉薄する。

「――速い。ゾラスを倒したのは……」

「俺たちだ……っ！」

リスティから借りた剣を振り抜く――だが、魔族の身体には届かない。少し前の空間を滑るようにして剣が流れる。

女性の魔族と戦うのは初めてではない。見た目だけならばあどけなささえある少女だ――だが、彼女は一人でこのパーティをここまで追い込んだ。

「そんなにいきり立っても仕方ないよ？　どうせ死ぬんだから」

「っ……‼」

銀髪の魔族の身体を、黒い魔力が覆う――次の瞬間、まるで生き物のように動き、俺とメルヴィンを襲った。

「ぐぅっ……ぁ……！」

メルヴィンは攻撃を受け止めようとするが、そのまま押し切られて吹き飛ばされる。俺は回避しながらラクシャを狙う——だが。

まるで糸で吊《つ》られた人形のように、ブランドが俺の前に立つ。その四肢にはラクシャの黒い魔力が絡《から》みついている。

「誰でもこうすると上手《うま》く動けなくなる。人間って面白いよね、このブランドはあなたのことを凄《すご》く嫌ってるみたいなのに」

「そうだろうな……」

このままブランドを盾にされた場合、どう戦うか——倒れているドロテアもラクシャの術にはおそらく抵抗できないだろう。

しかしラクシャはふっと笑うと、ブランドを操っていた魔力を消す。そして、メルヴィンに向けて無造作に弾き飛ばした。

「うぁぁっ……‼」

ブランドは辛《かろ》うじてメルヴィンに受け止められる。何のつもりなのか。魔族は個々で思想が異なるというのは知っているが、考えていることが読めない。

「そっちは後ろの三人も使っていいよ。人間はパーティで戦うんでしょ？」

「いいのか？　と言いたいが、三人は参戦できない。お前の攻撃を一度でも受けたら致命的だからな」

「ふうん、ゾラスを倒したのはあなたが中心でやったの？　ちょっと見せてもらうね」

ラクシャの目に魔法陣のようなものが浮かび上がる——そして。

ずっと微笑《ほほえ》んでいたラクシャの顔から、感情が消えた。

「……レベル2？　そのレベルで……いったいゾラスをどうやって嵌《は》めたの？」

「さあな。人は見た目によらないんじゃないか？」

「……くすっ。いい玩具《おもちゃ》が見つかったみたい。あなたは私の従僕《しもべ》にする」

答えの代わりに構える。剣の性能を最大限に引き出すことはできないが、リスティから借りた剣を使えば丸腰よりは遥《はる》かに戦える。

「レベル帯が低いと思って舐《な》めてると、痛い目に遭《あ》うってことを教えてやる」

「お説教は大嫌いだけど、一度だけは許してあげる」

ラクシャの身体を魔力が覆う——それは硬質化し、身体の各部を覆う装甲に変わる。そして、その背中に黒い翼が現れた。

ゾラスよりも明確に格上。その遊んでいるような態度は余裕の表れだろう。

自分より強い者はこの地に存在しない。彼女のその認識を正す——俺の魔法で。

8　切り札と賭け

ラクシャは構えることなくこちらを見ている——俺の剣が届く間合いより外にいるのは、コイン飛ばしを見ていたからだろう。

「装備はレベル2相応なのに。さっきの弾《たま》は何？　私が知らないうちに賢者の魔法が増えたっていうこと？」

「どうだろうな。お前を倒す決め手にはなりそうか？」

「魔族は魔力でなければ倒せない。あなたには私を倒せるほどの魔力はない……でも、何かがある。何かしてきそうな、そんな気配が」

全く油断をしていない。ゾラスのレベルは20前後だと判断したが、ラクシャのレベルはその二倍はあるというのに。

「……あの魔族、砦《とりで》にいた狼《おおかみ》の人より全然強くないです？」

「う、うむ……恥ずかしながら、一歩も動けん。いざとなればパーティの盾とならねば……っ、それなのに、悔しい……！」

「いつも頼ってる剣を貸しちゃってるのよね……で、でも、マイトの足を引っ張っちゃうし……」

三人の声はラクシャにも聞こえているのか、彼女たちを一瞥《いちべつ》したあと、俺を見る——何か視線が痛い。

「あんなに緊張感がない仲間と一緒でいいの？　いつも甘やかしてるんじゃない？」

「人のパーティに口出ししてのはいい趣味じゃないな」

「本当に心配してあげてるのに。自分に見合わない場所にいると息苦しいはず。あなたがあなたらしくいられる場所は、そこじゃない」

「じゃあ、色仕掛《いろじか》けでもしてみるか？　必死で勧誘したら多少は揺れるかもな」

「……あいにく男は嫌いだけど。あなたみたいな生意気な男を椅子にして座ったら、ちょっと楽しいかもしれないわね」

「そいつはなかなかいい趣味だな」

ラクシャの瞳が鋭さを増す。俺は予備動作を消し、相手の行動を読むことに集中する。

——『黒妖《こくよう》のラクシャ』が『ディープテンタクル』を発動——

前方の地面に黒い沼のようなものが生じ、同じ色の蛇のようなものが飛び出してくる

——回避した直後、ラクシャ自身が俺に肉薄し、螺旋《らせん》状の黒い槍《やり》を突き出してくる。

剣で槍を受け流し、黒い蛇の追撃を避ける。正確に人体の急所を狙ってくるが、速度では俺が凌駕《りょうが》している――だが賢者の服では、袖まではかわしきれていない。

「速い……もう十回は殺してるつもりなのに。レベル２の『賢者』……そんなわけない……！」

一度『ディープテンタクル』を発動させたあとも、それを操るラクシャの魔力は消耗していない――粘り続けても意味がない。

万全の状態でない今、俺たちの魔力を合わせても倒せるかは分からない――だが。

「あの子たちが逃げようとしたらその時は……分かるでしょ？」

ラクシャにはブランドを操っていた術がある。俺が時間を稼いでいるうちに逃げろというのは無理だ。

（物理攻撃で体力を削れるか……あの鎧《よろい》は厳しそうだな……！）

「――そこっ！」

剣を持つ右手に、蛇が食らいつこうとする。一手ずつラクシャは俺を追い詰め、回避不能の状況を作った――そうするように誘われているとは知らずに。

「ついてこれるか？」

「っ……バカにしてるの……っ!?」

意識的に落としていた速度を引き上げ、蛇に袖を切り裂かせる。同時にフリーにしていた左手で、ラクシャに向けてコインを放つ。

「……っ⁉」

声を発することもできず、ラクシャは防御に集中する。展開したのは魔力の盾――だが。

「きゃぁっ……‼」

「――一発とは言ってないぞ」

左手で撃ち出したコインは三枚。全く同じ場所に着弾させることでラクシャに揺さぶりをかける――そして。

今まで伏せていた、ゾラスを倒した手段。『技の目録』を呼び出そうとしたその時。

「――あなたのレベルが高かったら危なかった」

――『黒妖のラクシャ』が『黒翼禁域』を発動――

ラクシャの黒い翼が妖《あや》しく輝く――その光を目にした瞬間、視界に映るものが切り替わった。

死角を突き、必殺の機会を狙った。そのはずが、俺の位置が巻き戻っている。

「あなたは私を一瞬で倒せるような方法を持ってない……そうでしょ？　それならあなたの攻撃を知覚しさえすれば、絶対に攻撃は届かない」

「まるで時間を巻き戻したみたいだな」

「あなたの攻撃で私が傷つくことを禁じただけ」

そう──魔族というのは固有の能力を持ち、それがでたらめに強力な効果を持っている場合がある。

ゾラスの獣化による肉体強化も極めれば恐ろしいものだが、ラクシャの能力はそんな次元ではない。

「残念。あなたが『魔法剣士』だったら、その剣で私を殺せたかもね」

「っ……!?」

いつでも動けるように準備はしていた、だが──急に側方に生じた衝撃を受けきれず、そのまま吹き飛ばされる。

「マイトッ……！」

ラクシャの魔法はなかなか研ぎ澄まされている──詠唱と発動がほぼ同時だ。

何を媒介にして詠唱したのか。音だ──ラクシャは話しながら、同時に別の音を発して魔法を発動させた。

だが、それで俺に傷を負わせられるわけではない。飛ばされた先にある大木の幹を蹴って着地する。

駆け寄ってきたリスティに、俺は笑いかける。ラクシャの攻撃に備えながら、俺はリスティだけに聞こえるように言った。

「俺にまだ、見せてくれてない技があるはずだ」

「……っ」

「リスティになら使えるかもしれない……そんな、技がある……」

『ブレッシングソード』。彼女が習得したその技は、王族の中でも特殊な職業についている者だけが使うことができる。

ならばリスティの『封印技』もまた、剣技である可能性がある。

「この剣をいったん預ける。賭けにはなるが……」

「ううん……マイトがこんなに頑張ってくれてるんだから。私もマイトを信じる」

リスティの錠前《ロック》は、プラチナと同時に外されている。ならば、封印技が使えるはずだ。

「マイトさん……無茶はしないほうがいいんですよね？」

「……今回だけは、特別に。あっちもパーティで戦えと言ってくれてる」

「そうか……覚悟は決まった。見てくれ、震えが止まっている」

俺は立ち上がる。ダメージはさほどでもないが、もはや服がボロボロだ――動きやすいように自分で袖を破ると、ナナセがそれを手に取る。

「記念にもらっておきます」

「もうお別れの挨拶はいいの？」

――『黒妖のラクシャ』が『ディープテンタクル』を発動――

ラクシャが地面に作り出した黒い沼から、もう一匹の蛇が姿を現す。その動きはラクシャの腕と連動している――舞うような動きをしているのはそのためだ。

「二人を囮《おとり》にすれば、もう一度チャンスを作れるかもね」

「――囮は一人でいい。俺だ」

「私からも教えてあげる。傲慢は身を滅ぼすっていうことを」

稼ぐことができる時間は短い。黒い蛇二匹の攻撃を引き付け、避け、そしてラクシャをコインで狙う――跳ね返りを拾える相手でもないため、残弾はあと三枚だ。

「まだ速さを上げられるなんて……でも……っ！」

ラクシャの動き、そして蛇の動きの癖を読み、避け続ける。思考の時間を限りなくゼロに近づければ当たる——もはや無我の状態だ。

「こちらを見ろ、ラクシャ！」

「っ……⁉」

プラチナの声にラクシャが反応する——否、強制的に反応させられる。

何度も通じる方法ではない。だが、俺に対する攻撃に集中していたラクシャに、反応不可能な時間が生じる。

「——お願い……っ！」

——『封印解除Ⅰ』が発動『リスティ』の封印技『誓いの剣』が解放——

リスティの剣が輝きを放つ——その技を受ける方法は、ラクシャにはいくらでもあるはずだった。

「——そんな剣で、私の盾は破れない……っ！」

ラクシャは魔力の障壁だけでリスティの剣を受けようとする。空間を滑るようにリスティの剣がいなされ、地面に叩《たた》きつけられる。

反撃されればリスティは——だが、そうはならなかった。

「こちらを見ろと言ったはずだ！」

プラチナがラクシャに盾を構えて突進する——しかし吹き飛ばされながら、ラクシャは俺に向けていた蛇を呼び戻し、プラチナに反撃する。

「プラチナッ……！」

リスティが叫ぶ。プラチナの盾は黒い蛇に両断され、鎧もまた断ち割られる。

そして次の瞬間、プラチナの姿が崩れ——どろりと溶ける。

アームドスライムのアム。ナナセはアムをラクシャに気づかれないように接近させ、至近距離でプラチナに擬態させたのだ。

核を傷つけられさえしなければ、スライムはいくらでも再生することができる。こんな方法は一度きりしか通用しないが、それで構わない。

リスティに預けていた剣を受け取る。『技の目録』はすでに俺の左手にある。

——『プラチナ』の封印技『乙女の献身』を発動——

——『ナナセ』の封印技『魔素合成』を発動——

ありったけの魔力を込める——ゾラスの時とは違い、リスティの剣に。

「マイト……ッ！」
「マイトさんっ！」
「行けぇぇぇぇっ！」

──『リスティ』の封印技『誓いの剣』を発動──

その剣は、集めた魔力をさらに増幅させる──そして、レベルによる限界を込めた威力を生み出す、対魔族の剣。

ラクシャの翼は輝かない。『その剣で私を殺せたかもね』と、彼女自身が言った通りに。

斬撃の軌跡が煌《きら》めきを残す。あまりにも美しいその一閃《いっせん》が、魔力によるラクシャの最後の守りを斬り裂く。

「……そんな、技……私に、届くはずないのに……」

リスティの封印技は、ラクシャの黒翼による防御を阻止した。彼女はリスティの攻撃を侮《あなど》って黒翼を使わなかったのではなく、使えなかった。

そして平均レベルが低い地域でも、武具の性能限界が低いとは限らない。

リスティの持つ剣は、間違いなく名剣だ。コインを強化するよりも、何倍もの威力を生

み出してみせた。

そして『誓いの剣』──それは、相手の特殊な防御能力を封じる技。

そんな技を繰り出すことができるリスティは、魔族にとって天敵ともいえる存在だ。ラクシャの表情に込められた畏怖がそれを示している。

「……王都からいなくなった姫。私たちが探していたのは……その『姫騎士』……」

「っ……」

明かしたくない秘密ならば、それでいいと思っていた。

──レベルが上がって覚える技は職業によるものだからな……俺たちの前で見せると、リスティの本当の職業も分かるかもな。

リスティの『ブレッシングソード』は『剣士』ではなく『姫騎士』の技だった。

『誓いの剣』が強力な効果を持っていたのも、その職業の特性によるものなのか──全ては推測することしかできない。

「……このままでは……終わり、たくない……」

維持することができなくなったのか、ラクシャの装甲と黒い翼が消滅する。

──そして、ラクシャの胸の前に現れた錠前が、光の粒となって消えた。

「……分かった……あなたの、本当の職業……」

「俺は『賢者』だ。今は、それ以外の何者でもない」

それを嘘《うそ》だと思ったのか、それとも――それは分からないが。

「……『賢者』ってやっぱり相性が悪いみたい。欲望まみれの男のほうが操りやすいから」

「俺はもう、欲しかったものを手に入れたからな。色香には惑わされない」

「そんなこと言って……あーあ。今度目覚めたときは、使い魔になっちゃうのか……私のものにしたかったのに」

ラクシャは最後まで不服そうにぼやきながら、魔石を残して消え去った。

スライムのアムはプラチナではなく、前にも擬態していた女性の姿に変わっている。そして、発する第一声は――。

「……お腹空《なかす》いた」

アムがいてくれたことで、俺たちはラクシャの想像を超えることができた。しかし本当に全てを出し尽くしてしまい、魔力不足で今にも倒れそうだ。

「っ……」

「お疲れ様、マイト」

本当に倒れかけて、プラチナに受け止められる。彼女も疲労が激しいはずだが、それを感じさせなかった。

「私たちはやはり、とんでもない人物を仲間にしてしまったのだな……」

「いや……みんなも十分とんでもないぞ。ラクシャのレベルは、おそらく……」

「さ、さんじゅう……ですか？　どうして魔族ってレベルの制限がないんですか？」

「それは俺もずっと不思議に思ってるが……」

プラチナに支えてもらっているのも悪い――と思っていると。

ふわりと、今度は正面から抱きしめられる。

「リ、リスティ……？」

「……ごめんなさい、マイト」

その言葉が何を意味しているのかは分かっていた。リスティはおそらく、この国の王女だ――身分を隠して冒険者をしていて、俺と出会った。

「何も謝ることなんてない。俺たちは、勝ったんだから」

「そうですよ、リスティさん。私も驚いてますけど、なんとなく分かってましたからね。プラチナさんの盾、この国の騎士団の紋章ですし」

「ぐっ……払い下げ品が流通しているので、あまり気にしていなかったのだが。ナナセは意外に鋭いのだな……」

「私だって、もう二人のお友達のつもりですから。それとも、お二人はそうじゃなかったんですか？」

俺はリスティの肩をそっと叩き、離れてもらう。リスティはナナセに対して申し訳なさそうにしている――そんなリスティに、ナナセは小瓶を見せながら言った。

「そんな顔しないで、今は笑って帰りましょう。笑顔になれる薬、飲んでみます？」

「それはただのポーションだろう。私でも色くらいは覚えているぞ」

「ありがとう、ナナセ。スライムってあんなこともできるのね……」

「この子はアムって言います。マイトさんとの共同作業でできた子です」

「マスター、ごはん……」

今アムに魔力を吸われたら確実に気絶するので、待ってもらわなければならない。

「皆様方……お見事でした。魔族を倒していただき、我らの命を救っていただいた……この御礼《おれい》は必ず……」

メルヴィンにドロテアが肩を貸して、こちらに歩いてくる。目覚めたドロテアよりも、メルヴィンのほうが傷が深かったということだ。

倒れたままのブランドは目覚める気配はない。起きた時に現実を受け入れられるか――それは、彼次第と言うほかはない。

どう答えるかは、リスティに頼んだ。俺は少しでも魔力を回復させないと、今にも気絶しそうな状態だ。

「ギルドの仲間として、同じ目的のために戦うことができて良かった。街に戻ったら、ゆっくり傷を癒やしてください」

「……かたじけない。本当に……」

歓楽都市フォーチュンに訪れようとしていた危機は、こうして終わりを迎えた。

俺たちは砦《とりで》から後を追ってきてくれた厩舎《きゅうしゃ》係に馬を引き渡し、メルヴィンたちが乗ってきた馬車でフォーチュンに戻ることとなった。

『――お疲れ様、主様《あるじ》。やっぱり、ボクも一緒にいたほうがいいみたいだね』

ウルスラのそんな声が聞こえてきたが、当面は今回ほどの相手と戦うことはないだろう

――揺れる馬車の中で微睡《まどろ》みながら、そう思っていた。

エピローグ　冒険者たちの休息

　ブルーカードの冒険者パーティが、魔族から西の砦を解放した。

　ギルドの受付嬢——アムネアさんと言うらしい——は、俺たちが帰還しても初めは休息を取りに戻ったのだと思っていたが、ゾラスとラクシャを討伐したことを報告し、証拠の魔石を見せたところでようやく事実だと分かってくれた。

「も、申し訳ありません、ですが……本当に……？」

　疑うのも無理はないと俺たちも思ってしまうところだ——だが、一緒に戻ってきたメルヴィンさんが、負傷した身体《からだ》を押してギルドまで来て証人になってくれた。

「彼らは私たちの命の恩人です。西の砦を解放した後に、もう一体の魔族と交戦していた私たちのもとに駆けつけてくれました」

　ブランドとドロテアさんは街の治療院に運ばれている——ブランドが目覚めた時に何を思うのかは知らないが、あれほどの相手に襲われて生きているのなら儲《もう》けものだろう。

「あっ……今、西の砦からも伝令が届きました。女性が三人、そして男性が一人の冒険者パーティが、一名の死者も出さずに砦を解放……す、凄《すご》い……凄すぎます……！」

「お前ら聞いたか、リスティちゃんたちがやってくれたぞ！」

「さすが俺たちのプラチナさん！　街に引きこもってた俺たちとは大違いだ！」

「ナナセちゃんが遠くに行ってしまう……ただでさえホワイトカードから卒業できないってのに……！」

ギルドにいつもいる人々が歓声を上げる——やはり俺は眼中にないようだが、同じ男として気持ちは分からなくもない。

「あのマイトってやつも、見かけによらずなかなかやるみたいだな」

「いや、あいつのことはいい。なんせギルドのアイドル三人とパーティを組むだけじゃ飽き足らず、同居までしてるという噂《うわさ》が……」

「「……なにぃ？」」

人の思念でも空気は歪《ゆが》むらしい——集まる視線が、ある意味では魔族より怖い。

「あ、あの……ちょっと誤解が生じてるみたいなので、私たちまた出直します」

「ああっ、で、でも、ギルド長や市長からも面談の要請が……それに魔族討伐の報酬も……」

「また後日改めてお話しさせてください。マイト、行くぞっ！」

「ちょっ、マイトさんを担《かつ》ぐなら私も運んでいってくださいっ、体力ないんですからっ」

「うぉぉ、逃げたぞ！　街を救ってくれた英雄だが、それはそれとして逃がすな！」

　血の涙を流す男たちに追いかけられつつ、俺はプラチナに軽々と担がれて運ばれていく
――むしろ俺が三人を運んだほうが早いと思うのだが。

「リスティ、これからどうする？」

「そうね、いったん街の外に出てほとぼりが冷めるまで待ちましょうか……」

『主様もみんなも、いったんこっちに逃げてきたら？』

「うむ、ここはウルスラの提案に甘えるとしよう」

「大変な戦いだったので休暇も大事ですよね。ああ、でも色々と楽しみですね、報酬のこととか魔石のこととか」

　ゾラスとラクシャを倒すことはできたが、王都近くの廃墟《はいきょ》を根城にしているという魔族については健在のままだ――リスティの事情も考えれば、いずれは王都に行くことになるだろう。

「……マイトが来てくれてから、大変なこともあるけど、ずっと楽しいと思ってるの。魔族と戦ったりしてるのに、これって変なことだと思う？」

街の外まで出てきたあと、街道を歩きながら、リスティがそんなことを言う。

プラチナもナナセも顔を見合わせるが——微笑《ほほえ》むばかりで、何も言わない。

「それは……どっちなんだ？」

「さあ、どっちだろうな」

「私たちの様子を見て分かるようにならないと。マイトさんもまだまだですね」

「なんだそりゃ……まあ、確かに修行中だけどな」

望んだ職業に変わり、憧れだった魔法に類するものも使えるようになった。

だが二度目の冒険者生活は、これからもっと賑《にぎ》やかに、そして波乱に満ちたものになっていく——それでもこの仲間たちがいれば、上手《うま》く行くんじゃないかと思えてくる。

もし、ファリナたちにもう一度会うことができたら。

不可能に近いことでも、この世に絶対というものはないと、俺が一番良く分かっているのだから——かつての仲間たちと、会うことができたなら。

俺は一度死んでしまったことを詫《わ》びて、そして言うだろう。

今でも俺は冒険者をやっている。はじまりの街で、ワケありだが成長目覚ましい仲間たちと組んで——変わらない日常を過ごしていると。

あとがき

本書をお手に取っていただきありがとうございます、朱月十話《あかつきとうわ》と申します。

今作のテーマはいくつかあるのですが、一つ大きなものは『転職』です。魔法のある世界で魔力を持たなかった少年が、青年になっても魔法への憧れを失わず、ついに『賢者』に転職してしまう――けれどそれで終わりではなく、物語は再びそこから始まります。

しかしその『賢者』も普通のイメージとは違い、転職前の『盗賊』の延長線上にあるようなものになっています。これは自分の『転職』についての考え方が、全てがガラッと変わってしまうのではなく、経験を引き継ぐもの、人それぞれの歩いてきた道が反映されるものであったらいいなというところからきています。

マイトのパーティメンバーは時にぽんこつですが、やる気と将来性に満ちています。ファルまろ先生の美麗なイラストで三人（と主人公）が描かれた表紙を見たときは、男女の間に友情は成立するのだろうか、とあさってなことを考えたりしました。それほどに魅力的すぎるヒロインズを描き出していただきましたファルまろ先生に改めて御礼申し上げます。主人公の『盗賊から賢者に転職した感じ』というふわっとした作者のイメージも、デザインが上がってきたときに「これがマイトだったんだ」と納得しかありませんでした。作者もまたイラストを拝見することでこの世界の形を知ることができたのです。これも一つのパラドックスですね（たぶん違います）。

ここからは御礼《おれい》に移らせていただきます。

担当編集様、本作の書籍化にあたって多大なご尽力を頂きありがとうございます。ときどきお電話での打ち合わせで脱線することもある無軌道な作者ですが、本書を形にすることができましたのは編集様の粘り強いご指導によるものです。

イラストをご担当いただきましたファルまろ様、既に申し上げましたが本作のキャラクターたちに瑞々《みずみず》しく生命を吹き込んでいただき、誠にありがとうございます！

ファンタジア文庫編集部の皆様、細部に渡り入念なご指摘をいただきました校正担当様、そして本書に関わっていただきました全ての皆様にも御礼を申し上げます。

そして何より、本書をお手に取っていただいた全ての読者の皆様に、億千万の謝辞を述べさせていただきます。ありがとうございました。

今回のあとがきページは少なめで安心している　朱月十話

富士見ファンタジア文庫

ラスボス討伐《とうばつ》後《ご》に始《はじ》める
二周目《にしゅうめ》冒険者《ぼうけんしゃ》ライフ
はじまりの街《まち》でワケあり美少女《びしょうじょ》たちがめちゃくちゃ懐《なつ》いてきます

令和6年1月20日　初版発行

著者――朱月十話《あかつきとうわ》

発行者――山下直久

発　行――株式会社KADOKAWA
〒102-8177
東京都千代田区富士見2-13-3
0570-002-301（ナビダイヤル）

印刷所――株式会社暁印刷

製本所――本間製本株式会社

※定価はカバーに表示してあります。
●お問い合わせ
https://www.kadokawa.co.jp/（「お問い合わせ」へお進みください）
※内容によっては、お答えできない場合があります。
※サポートは日本国内のみとさせていただきます。
※Japanese text only

ISBN978-4-04-075302-7 C0193 ◇◇◇

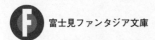